LE MOUSSE

DE LA

SAINTE-ANNE

PAR EUGÈNE PARÈS

LIBRAIRIE DE J. LEFORT

IMPRIMEUR, ÉDITEUR

LILLE   PARIS

rue Charles de Muyssart, 24   rue des Saints-Pères, 30

LE MOUSSE

DE LA SAINTE-ANNE

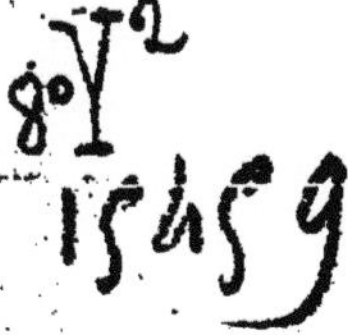

In-8°. 4° série.

Brave enfant, murmura le capitaine; j'étais
sûr de le trouver ici.

LE MOUSSE

DE

LA SAINTE-ANNE

PAR EUGÈNE PARÈS

TROISIÈME ÉDITION

LIBRAIRIE DE J. LEFORT

IMPRIMEUR ÉDITEUR

LILLE	PARIS
rue Charles de Muyssart, 24	rue des Saints-Pères, 30

Propriété et droit de traduction réservés.

LE MOUSSE

DE LA SAINTE-ANNE

I

La famille du pêcheur.

Camaret est une des plus grandes bourgades maritimes de cette partie du Finistère comprise entre la presqu'île de Guelern et la célèbre baie des Trépassés, et connue sous le nom de presqu'île de Camaret.

Bâti au fond de l'anse dont il porte le nom, le hameau offre aux yeux du voyageur fourvoyé dans ces tristes parages un coup d'œil des plus pittoresques. Les maisons vieilles et à demi croulantes s'avancent sans ordre ni alignement ; aux fenêtres, la plupart sans vitres, pendent des loques bariolées, des filets et des voiles séchant au soleil ; et sur le pas des portes, des enfants en haillons jouent près de leurs mères occupées à filer.

Un môle supportant une petite chapelle, et contre lequel les solides barques des riverains attendent l'heure de la marée, ferme l'entrée du port.

Point d'arbres dans les environs; le pays est partout aride et dépouillé. Seuls, les genêts qui atteignent une hauteur considérable, et de loin ressemblent à d'immenses taillis, semblent protester contre l'absence totale de végétation. Les mouettes, les goélands, les corbeaux hantent les nombreux rochers de la côte, ou se poursuivent dans les airs en poussant des cris aigus.

Au commencement de ce siècle, on voyait à Camaret une petite maison basse et décrépite, qui paraissait prête à s'effondrer sous le poids disproportionné de son toit de *varech*.

C'était la demeure d'une honnête famille de pêcheurs. Comme la plupart des Bretons, Melgan, le chef de la famille, était juste et rempli de bons sentiments. Les habitants de Camaret avaient pour lui un grand respect; car, plus instruit que ses compagnons, grâce aux nombreuses années de services passées dans la marine militaire, Melgan, le pêcheur, avait, dans les moments difficiles, donné de bons conseils qui, exactement suivis, avaient porté leurs fruits.

Il était sept heures du soir, le soleil brillait encore sur les flots; pourtant les volets de la petite masure restaient hermétiquement fermées , et, par la porte ouverte, on apercevait un grand nombre d'hommes et de femmes agenouillées dans la grande salle. D'autres personnes causaient dans la rue.

— C'est un bien grand malheur! disait un vieillard à la physionomie douce et grave, aux longs cheveux s'échappant de dessous son bonnet de laine.

— D'autant plus, ajouta un autre, qu'ils vont se trouver *quasiment* dans la gêne. Le travail de Melgan faisait vivre sa femme et ses deux enfants, et le brave homme était trop charitable pour avoir grand argent de côté.

— Il a amassé pour aujourd'hui, en faisant l'aumône, dit encore le vieillard.

— C'est vrai, Perrigot, fit une commère; *faut croire* que le *cap'taine* du navire sauvé par le pauvre défunt ne sera pas sans aider un peu la famille.

— Il ne ferait que son devoir, reprit le vieillard. J'étais là, pendant cette nuit sinistre, et sans Melgan, ni lui ni ses marins n'auraient revu la terre.

Après ces paroles, le vieillard entra dans la petite masure. Il s'arrêta sur le seuil, tira son chapelet de sa poche, et s'agenouilla sur le sol, près des autres personnes emplissant déjà la maison.

Au fond de la salle, couchée sur un lit clos, on apercevait une forme humaine, enveloppée dans un grand drap blanc. Deux cierges de cire jaune, plantés dans de grands chandeliers de cuivre, brûlaient des deux côtés du lit, répandant une lueur douteuse que la brise du soir, pénétrant par la porte ouverte, faisait vaciller. Un grand crucifix, de cuivre comme les chandeliers, protégeait la tête du défunt. Sa femme, sa fille et son fils, agenouillés près du lit funèbre, priaient en silence. La veuve ne pleurait pas, elle ne gémissait pas, et pourtant, ses yeux secs et rougis, son visage pâle et défait trahissaient des souffrances, qui, pour être intérieures, n'en étaient pas moins fortes. De temps en temps elle se levait, et, écartant le suaire qui voilait la face de son époux, elle déposait sur son front un baiser d'adieu; puis elle regagnait sa place et priait de nouveau.

Le vieillard avait fini sa prière; il se leva et trempa, dans le bénitier déposé au pied du lit, une branche de buis qu'il secoua sur les pieds du défunt.

— Que Dieu te fasse miséricorde, Yannik! dit-il en se signant.

Puis il alla rejoindre les autres personnes réunies pour la veillée mortuaire qui devait commencer à la nuit tombante.

Tout à coup il se fit un certain mouvement dans la salle; un homme, complètement vêtu de noir, venait de faire son entrée.

Le nouveau venu ne portait pas le costume ordinaire aux Bretons; ses habits, au contraire, annonçaient un citadin. La démarche de cet homme était pleine de dignité; son visage pâle et sévère, encadré d'une longue barbe noire comme ses cheveux, prévenait tout d'abord en sa faveur. Il tenait à la main une casquette de drap entourée d'un galon d'or.

— Le capitaine ! murmurèrent quelques voix.

— C'est bien à lui d'être venu ici, fit Perrigot le vieillard que nous avons déjà entrevu.

Sans s'inquiéter des murmures d'approbation qu'excitait sa venue, celui que l'on nommait le capitaine traversa lentement la salle, et vint, comme les autres, s'agenouiller près du lit mortuaire, où il resta longtemps, priant à voix basse. Quand il se releva, il s'approcha de la veuve.

— Pauvre femme, lui dit-il d'une voix douce, je n'ai pas oublié le courageux dévouement de Yannik.... Le moment est peut-être mal choisi pour vous parler de ma reconnaissance; mais, devant votre pauvre mari, qui de là-haut nous entend, je jure de me charger du fils, en souvenir de ce que le père a fait pour moi.

— Yannik a fait son devoir, répondit simplement la veuve, et, malgré mon chagrin, je ne puis que remercier le Ciel qui a permis que sa mort fût utile au salut de quelques-uns.

En entendant ces paroles, les seules que leur mère eût prononcées depuis le matin, les deux enfants relevèrent la tête. L'aîné, appelé Yannik, comme son père, était un bel enfant de douze à treize ans tout au plus ; ses traits étaient abattus et ses yeux pleins de larmes.

— Merci ! dit-il en prenant la main du capitaine, merci !...

La petite Yvonnette regardait sans comprendre. Cet appareil mortuaire et lugubre l'effrayait bien un peu ; mais elle restait près de sa mère, regardant la grande croix brillante, et attendant, disait-elle, que son père se réveillât. Le capitaine se pencha vers la veuve.

— Il serait peut-être prudent d'éloigner ces enfants, dit-il à voix basse. Vous-même, vous devez avoir besoin de repos.

— Non, fit la veuve du pêcheur en hochant la tête d'un air de douce résignation, non, je ne quitterai pas le corps de mon pauvre homme tant que la terre ne me l'aura pas ravi.

— Pourtant, la fatigue....

— Dieu me donnera la force de tout supporter.

Le capitaine n'insista plus; il sortit, comprenant la douleur de la digne femme, qui ne voulait quitter qu'au dernier moment la dépouille chérie de celui que le Ciel lui avait donné pour soutien et protecteur.

Pendant ce temps, la nuit était brusquement venue. La brise se taisait, et la vague venait expirer sur la grève avec ce murmure doux et mélancolique qui, dans les beaux jours, semble bercer la nature endormie.

Dans la chaumière, on avait renouvelé les cierges à demi consumés, et la veillée mortuaire commença. Le vieillard récita la prière du soir et l'office des morts, auquel les assistants répondaient à voix basse; puis les femmes chantèrent des cantiques. La veuve et ses enfants n'avaient pas quitté le chevet du défunt. A minuit, tout bruit cessa; quelques personnes restèrent seules près du corps du défunt, pendant que les autres passaient dans une autre pièce, où un souper, que les Bretons nomment « repas des âmes, » était servi.

II

La mort d'un homme de cœur.

Avant de poursuivre, il ne serait peut-être pas inutile de remonter de vingt-quatre heures, et de raconter, aussi brièvement que possible, certains faits qui serviront d'introduction à notre récit.

Pénétrons dans la chaumière du pêcheur, la veille du jour où se sont passés les événements rapportés dans le précédent chapitre. Yannik Melgan était tranquillement assis les jambes au feu, fumant sa vieille pipe et vidant un pot de cidre, tout en causant avec le père Perrigot, bon homme de ses voisins. Jeanne, la femme du pêcheur, filait à l'autre coin du foyer, écoutant la conversation des deux hommes.

La grêle tombait au dehors, crépitant contre les volets, et le vent soufflait avec furie, menaçant de jeter à bas la pauvre masure.

— Une mauvaise nuit qui se prépare, disait Yannik en bourrant de nouveau sa pipe qui venait de s'éteindre.

— Oui, répliqua Perrigot, et bien nous en a pris de rentrer ce soir ; car sans ça, je ne sais où nous serions à c'te heure. Tenez... écoutez....

En effet, au lieu de diminuer, la rafale redoublait de violence ; le vent, pénétrant de tous côtés dans la masure, faisait vaciller la lumière d'une maigre torche de résine placée sur la table, et fumer les tisons qui se consumaient dans l'âtre.

— Il y aura plus d'un sinistre cette nuit, reprit Perrigot.

— Que sainte Anne protège nos marins ! dit Jeanne en joignant les mains.

— Le danger n'est pas bien grand pour les navires qui courent au large, repartit Yannik ; mais malheur à l'imprudent capitaine qui tentera de s'approcher des côtes... celui-là est perdu !...

— Cette tempête, poursuivit Perrigot, me rappelle le coup de tangage que nous avons essuyé à la hauteur d'Oléron.... C'était en 17.., nous montions *l'Impétueux*, et le capitaine....

Le brave pêcheur allait entamer une de ces vieilles histoires que les marins ne se lassent jamais de narrer, lorsqu'une violente explosion, vingt fois répercutée par l'écho des rochers, lui coupa subitement la parole.

— Sainte Anne ! s'écria Jeanne à demi morte d'effroi, un navire qui se perd !...

— En effet, c'est le canon de détresse, fit Melgan en se levant. Venez, père Perrigot, suivez-moi....

Et, sans attendre la réponse du bon homme, il ouvrit brusquement la porte de la chaumière. Le vent, faisant invasion, éteignit la petite torche, et la masure resta plongée dans l'obscurité la plus profonde.

— Venez! criait Yannik tout en courant vers la plage, venez!...

De tous côtés les portes s'ouvraient, et les pêcheurs à moitié vêtus se précipitaient sur la grève. Le temps était horrible. La rafale déchaînée secouait avec fureur les vagues déferlant contre les rochers. La foudre avait aussi mêlé sa voix à ce concert épouvantable; les éclairs se croisaient comme des fusées volantes, jetant un peu de lumière sur cette scène digne du chaos. Le tonnerre éclatait, les vitres se brisaient, les toitures étaient enlevées, et la grêle, qui ne cessait de tomber drue et serrée, coupait le visage des hommes rassemblés sur la grève.

Tout à coup les Bretons poussèrent un cri d'épouvante. La lueur d'un éclair venait de leur montrer au loin un brick, qui, les voiles en lambeaux, les mâts en partie enlevés par la tempête, bondissait sur une masse d'écume pour se perdre ensuite entre deux énormes vagues.

— Que Dieu le protège, ou il va se briser sur le rocher! fit Perrigot avec effroi.

— Il faut le sauver, dit Yannik Molgan : les chaloupes à la mer!!!

— Y songes-tu, s'écrièrent les pêcheurs effrayés; nos barques auront chaviré avant d'avoir fait dix brasses!...

— Il s'agit de la vie de chrétiens comme nous, fit résolument Molgan. La marée est pour nous; et d'ailleurs, n'avons-nous pas chacun un chapelet bénit ?... En avant! vous dis-je ; Dieu et la bonne sainte Anne nous protégeront!

— En avant! s'écrièrent quelques voix.

Les plus intrépides poussèrent à l'eau les lourdes barques échouées sur le rivage, et se hâtèrent d'embarquer avant que le flot ne les rejetât hors de son lit. D'autres, plus craintifs, se contentèrent de s'agenouiller et de prier pour leurs frères qui allaient risquer leur vie en portant secours à des êtres qu'ils ne connaissaient pas.

Cinq barques s'étaient détachées du rivage. C'était assez pour sauver l'équipage du brick, en supposant qu'on pût arriver jusqu'à lui.

Les pauvres nacelles étaient secouées comme des coquilles de noix sur l'élément en fureur; tantôt elles disparaissaient au fond d'abîmes insondables pour reparaître presque aussitôt sur la croupe d'une vague monstrueuse. Les lames embarquaient de tous côtés, aspergeant les malheureux courbés sur les avirons ; c'eût été folie de risquer le moindre lambeau de toile par un vent pareil. De temps en temps un éclair fulgurant déchirait la nue, montrant le navire toujours poussé sur la pointe du *Grand-Gouin*.

Les Bretons s'étaient mis sous la protection du Seigneur : cette protection ne leur fit pas défaut. Yannik, qui dirigeait la première barque, aperçut, à quelques brasses de lui, le brick, que son équipage atterré ne manœuvrait plus.

Debout sur le gaillard d'arrière, un homme, les cheveux flottant au vent, le visage fouetté par la grêle et les lames qui escaladaient les parois du navire et retombaient sur le pont en pluie d'écume, donnait des ordres, qui, hélas ! n'étaient plus écoutés.

— Jetez des grelins ! cria Yannik.

Sa voix claire et vibrante domina le fracas de la tempête : les matelots reprirent confiance en voyant que l'on venait à leur secours, et jetèrent aux courageux sauveteurs les manœuvres rompues qui jonchaient le pont.

L'homme qui se tenait à l'avant de la barque évita, à l'aide d'une longue gaffe, le choc des deux navires : choc épouvantable ; car sans cette précaution, le canot eût été infailliblement mis en pièces contre les flancs du brick.

Les pêcheurs saisirent les amarres qui leur étaient tendues et grimpèrent lestement sur le pont. Les autres barques accostèrent sans accident, et bientôt tous les pêcheurs furent à bord du brick.

Merci! dit le capitaine en saisissant la main de Melgan, merci!

— Vous me remercierez plus tard, dit rapidement Yannik; maintenant il faut agir.

Les matelots avaient repris confiance; aidés des pêcheurs, ils établirent quelques basses voiles, qui, donnant peu de prise à la rafale, suffisaient néanmoins pour pousser le navire. Par bonheur, le gouvernail était encore en place, et le brick, habilement dirigé par Melgan, vira de bord, et put fuir devant la tempête moins effrayante au large que près des côtes.

Déjà, à la lueur des éclairs, on voyait les récifs de Camaret s'enfuir au loin; le navire, quoiqu'affreusement ballotté, n'en continuait pas moins sa course. Le danger était presque passé quand une lame furieuse s'abattit sur le pont qu'elle défonça, balaya la dunette, emportant quatre matelots de l'équipage du brick et avec eux Melgan, occupé à donner ses ordres.

— Cinq hommes à la mer!... tel fut le cri d'effroi qui sortit de toutes les poitrines.

Malheureusement l'obscurité était profonde, le navire fuyait toujours, et nul n'eût pu dire où le flot avait emporté le courageux pêcheur.

Quand on annonça cette nouvelle au capitaine, il pâlit atrocement.

— Que le Seigneur ait son âme, dit-il en se signant; il est mort pour nous!

Le brick continua de fuir devant le temps ; avec le jour, la tempête se calma, et les pêcheurs purent ancrer le navire à quelques milles de Camaret.

La marée montante apporta, le lendemain, le corps du pêcheur au rivage ; ses amis le recueillirent pieusement, et l'apportèrent à sa veuve déjà instruite de ce funeste événement. Il n'est pas besoin d'insister sur la douleur que ressentit la pauvre femme quand elle vit son époux rigide et défiguré.

Et maintenant que ces détails préliminaires sont posés, nous allons reprendre, sans nous en écarter désormais, le cours de ce récit.

III

Funérailles bretonnes.

Le crépuscule naissant blanchissait déjà l'horizon. Bientôt le soleil se leva radieux, projetant ses rayons dans les flots qu'une douce brise agitait à peine. Les pêcheurs parés de leurs vêtements noirs, les femmes la tête recouverte d'une coiffe jaune (1), un mantelet plissé sur les épaules, les mains jointes sur la poitrine, se dirigeaient lentement vers la maison mortuaire.

Tout était encore dans le même état que la veille; le pêcheur était toujours étendu, le visage voilé, sur le lit funèbre, autour duquel les cierges continuaient de brûler. Les parents, les amis, agenouillés dans tous les coins de la masure, priaient avec ferveur pour celui qui n'était plus.

Tout à coup la foule s'écarta : deux hommes, le sacristain et le bedeau qui, dans nos villages bretons, cumule son emploi avec la profession de menuisier, venaient d'entrer, portant une modeste bière de sapin.

(1) La coiffe passée au safran et le manteau plissé sont, en Bretagne, le signe de deuil.

C'était le moment suprême. Jeanne baisa encore une fois le front glacé de son mari ; les enfants embrassèrent leur père ; tout le monde sortit, à l'exception des plus proches parents, et le bedeau cloua la bière. Les coups de marteau résonnaient dans le cœur de la malheureuse femme ; cependant elle se contint, voulant demeurer ferme et courageuse au moment suprême de l'éternel adieu.

Bientôt le recteur et le curé (1), précédés de deux enfants de chœur, vinrent procéder à la levée du corps. Le prêtre bénit la bière que les pêcheurs regardaient comme un insigne honneur de porter (2) : un des enfants de chœur prit la croix, le second le bénitier, et le convoi funèbre se mit en marche pour l'église peu éloignée de là.

Les pêcheurs suivaient tête nue, les cheveux flottant au vent. Un d'eux tenait par la main le fils du défunt, puis venait Jeanne dont deux voisines soutenaient la marche chancelante.

La courte distance qui séparait la maison mortuaire de celle du Seigneur fut franchie dans un profond recueillement ; chacun se taisait, et l'on

(1) On donne, en Bretagne, le nom de recteur au curé ; le vicaire est alors désigné sous le nom de curé.

(2) Comme la distance à franchir d'une ferme à l'église du bourg est parfois considérable, on emploie souvent pour les funérailles des chars traînés par des bœufs.

n'entendait d'autre bruit que le bourdonnement lugubre de la cloche sonnant le glas funèbre, mêlé à la voix grave du prêtre chantant les hymnes des morts.

Mais abrégeons un peu.

La dernière pelletée de terre venait de tomber sur la fosse; chacun pleurait et racontait sans exagération des faits à la louange du défunt. Jeanne elle-même, qu'un courage héroïque allié à une piété sincère avait seul soutenue, Jeanne s'abandonna à sa douleur et éclata en sanglots quand elle pensa qu'elle ne reverrait plus ici-bas celui qui dormait sous cette terre.

Les enfants, épouvantés, sanglotaient à côté de leur mère.

— Yannik! Yannik! gémissait la veuve, adieu!

— Prenez confiance, Jeanne, dit le recteur en relevant avec bonté la pauvre affligée : cette séparation n'est point éternelle.... Songez à vos enfants, et soumettez-vous sans murmure aux décrets de la Providence.

En entendant cette voix si chère aux Bretons, la voix du recteur, murmurer à son oreille des paroles de résignation, la pauvre veuve éplorée releva la tête.

— Vous avez raison, mon Père, murmura-t-elle, ma douleur m'égare, elle offense le Maître tout-puissant ; il m'avait donné un époux, sa main me le reprend, qu'elle soit bénie !... Venez, mes enfants, poursuivit-elle en prenant Yannik et Yvonnette par la main, nous allons prier le Seigneur de nous donner le courage qui nous manque.

En prononçant ces paroles sensées d'une voix tremblante et en laissant couler ses larmes, elle entra dans la petite église et alla s'agenouiller aux pieds de la Consolatrice des affligés.

— Suivez-la, Perrigot, dit le prêtre au vieux pêcheur ; emmenez-la chez vous, et surtout ne la quittez pas d'un instant.

— Vous pouvez vous reposer sur moi, monsieur le recteur, fit le bon homme en essuyant du revers de sa main calleuse les larmes qui lui obscurcissaient la vue ; je ne la quitterai pas d'une semelle, ni ma *vieille* non plus.

Et fier de la preuve de confiance que le prêtre venait de lui donner, le brave homme entra dans la petite église. Il aperçut la veuve et ses enfants, toujours agenouillés devant l'autel de la Vierge.

Perrigot toucha du doigt l'épaule de Jeanne ; la veuve se retourna.

— Allons, Jeanne, dit le bon homme avec douceur, soyez raisonnable ; votre prière a assez duré.... Voilà trois nuits, sans compter celle...

(et le brave homme n'osa achever) que vous n'avez pas dormi ; il est temps de songer à vous et à ces enfants.

La veuve eut un triste sourire.

— Je vous comprends, dit-elle, vous voulez m'emmener, et c'est notre bon recteur qui vous en a prié....

— Ne résistez donc pas à son désir.

Jeanne fit un dernier signe de croix et sortit appuyée sur le bras du vieux pêcheur. Le petit cimetière était presque désert ; seuls, le recteur et un homme qui, sans affectation, avait suivi le convoi, y demeuraient encore.

En apercevant la veuve, l'homme se cacha derrière un cyprès.

— Ma vue lui causerait une émotion trop pénible, murmura-t-il.

La veuve sortie ; l'inconnu, qui n'était autre que le capitaine du brick, s'approcha de la fosse, ou le recteur priait toujours.

Rien n'égale l'attachement des ouailles pour leur recteur, si ce n'est l'attachement du recteur pour elles. Enfant du pays, le prêtre participe à toutes leurs joies, à toutes leurs douleurs ; il connaît personnellement les habitants de sa modeste paroisse ; riches, il glane chez eux pour les malheureux ; pauvres, il les soutient par ses

aumônes et ses douces exhortations : il est vérita-
blement leur père.

— Monsieur le recteur, dit le capitaine en se
découvrant, je désirerais avoir un moment d'entretien avec vous.

— Je suis à vos ordres, Monsieur, répondit le
prêtre en s'inclinant, veuillez me suivre.

Ils traversèrent le cimetière. Le prêtre guida le
capitaine vers une petite maison perdue au milieu
d'un vaste jardin, qu'il cultivait lui-même. C'était
la cure, simple demeure que l'extrême propreté
qui y régnait distinguait seule des autres habita-
tions du bourg. Une femme déjà âgée, assise sur
le seuil, filait silencieusement une quenouille.

En apercevant le capitaine et son guide, elle se
leva et leur fit une profonde révérence.

— C'est votre servante ? dit le capitaine.

— C'est Geneviève, ma sœur, répondit simplement le prêtre.

Et, adressant un sourire à Geneviève, le
recteur introduisit le capitaine dans une pièce
tenant à la fois de la cuisine et de la salle à
manger.

IV

Le capitaine de la Sainte-Anne.

L'abbé Duval — tel était le nom du recteur — indiqua du doigt un siège à son visiteur et s'assit lui-même.

— Monsieur le recteur, dit le capitaine, vous devez me reconnaître.

Le prêtre s'inclina.

— Je suis, poursuivit le visiteur, le capitaine du brick sauvé par le courage du brave Melgan.... Malheureusement, cet effort héroïque, cette lutte contre les éléments déchaînés lui ont coûté la vie.... Je ne puis, hélas! rendre ce brave homme à sa famille, mais je voudrais autant que possible adoucir l'amertume de cette perte fatale; c'est sur vous que j'ai compté, monsieur le recteur, pour m'aider dans cet acte de réparation.... Voyons, que, puis-je faire... et que sont ces gens?

— Melgan était un honnête homme qui jouissait ici d'une réputation des plus honorables et justement acquise.

Le capitaine l'arrêta d'un geste.

— Je me suis mal exprimé, monsieur le recteur, dit-il : l'acte de dévouement obscur, ignoré qui coûta la vie au brave Melgan ne pouvait partir que d'un honnête homme, d'un chrétien.... Ce que je voulais vous demander, c'est la position de fortune de sa veuve.

— Hélas ! dit tristement le prêtre, sous ce rapport, cette famille est peu favorisée.... Comme la plupart de nos Bretons, elle pourrait prendre pour devise : « Beaucoup d'honneur et peu d'écus ! »

Le capitaine resta un moment silencieux ; le prêtre imitait sa réserve, et l'on n'entendit dans la petite chambre que le tic tac de la vieille horloge.

— Cause involontaire de la mort du brave pêcheur, reprit le capitaine d'une voix émue, je voudrais me charger de l'avenir de son fils.... Croyez-vous, monsieur le recteur, que Jeanne veuille me le confier ?... Il sera mon fils, et si son intelligence répond à l'idée que j'ai formée, j'en ferai, un jour, un officier de la marine marchande.

— Il est toujours douloureux à une mère de se séparer de son enfant, dit l'abbé Duval après quelques moments de réflexion ; mais je crois qu'en cette circonstance, Jeanne fera taire son cœur pour ne songer qu'à son enfant.... D'ailleurs, je la verrai, et je lui présenterai l'affaire sous son véritable jour.

— Maintenant que cette question est à peu près réglée, passons à une autre.... La famille du pêcheur est pauvre, dites-vous; privée de son chef, la misère peut venir s'asseoir à son foyer.... Prenez ce porte-feuille, Monsieur; il contient six mille francs, et remettez-le à la pauvre femme.... J'exige cependant que vous ne me nommiez pas.

Le recteur regardait tour à tour le capitaine et le portefeuille qu'il lui tendait.

— Ce que vous me demandez me surprend, dit-il enfin.

— Non, monsieur le recteur. Jeanne n'oserait peut-être pas recevoir cet argent de moi.... N'est-ce pas en quelque sorte le prix du sang de son mari?...

— Vous avez raison, fit le prêtre. Je lui remettrai cette somme venant d'une bonne âme, et je ne mentirai pas, ajouta-t-il en souriant.

Le capitaine rougit un peu.

— Adieu donc, Monsieur, dit-il en se levant. Je dois, malgré ses avaries, reconduire mon navire à Lorient, où il est impatiemment attendu. Si, comme je l'espère, la pauvre Jeanne consent à ma demande, vous m'enverrez le petit Yannik.... Voici mon adresse.

Et en même temps il mit une carte sur la table.

— Encore un mot, dit le prêtre en reconduisant le capitaine ; vous en ferez un officier, dites-vous... veillez à ce qu'il reste chrétien.

— N'ayez aucune crainte sur ce point, mon Père : mes matelots sont rudes, un peu grossiers peut-être, mais ils sont Bretons ; c'est tout dire.

Le prêtre serra la main du capitaine et le reconduisit jusqu'à la porte du jardin. Rentré dans la chambre, il jeta un regard sur la carte laissée par le capitaine. Voici ce qu'elle portait : *A. GOULVEN, capitaine au long cours, à bord de la Sainte-Anne.* LORIENT.

— Allons, murmura-t-il en jetant un doux regard sur le grand crucifix de chêne se détachant sur la muraille blanche, Dieu a veillé sur cette pauvre famille.

V

Une rencontre.

Quelques jours après, un petit bonhomme, grossièrement mais proprement vêtu de noir, cheminait, appuyé sur un bâton de coudrier, le long de la route départementale qui conduit de Douarnenez à Quimper.

C'était Yannik. Depuis trois jours déjà le petit voyageur avait quitté sa famille. Les étapes sont longues à cet âge, surtout quand on laisse derrière soi son pays et une mère bien-aimée, et le petit Breton se détournait à chaque pas, croyant entrevoir dans le brouillard le clocher de son village natal; mais rien ne se montrait, et le pauvre enfant essuyait du revers de sa manche ses yeux rougis, poussait un soupir et accélérait sa marche pour recommencer quelques pas plus loin.

Tout à coup il s'arrêta.

En face de lui, au détour d'un chemin, se dressait une de ces vieilles croix de pierre que la piété bretonne édifie presqu'à chaque carrefour. Du haut de sa croix, le Christ semblait sourire au petit abandonné. Yannik se jeta à genoux.

— Seigneur, dit-il en joignant les mains, donnez-moi la force et le courage qui me manquent pour supporter cette cruelle séparation : je souffre tant, éloigné de ma mère chérie et de ma petite Yvonnette ! Pour ne pas les affliger davantage, j'ai paru fort et courageux; je suis parti sans détourner la tête.... Mais au détour du sentier, quand elles ne pouvaient plus me voir, mon cœur s'est brisé, et je suis resté, jusqu'au soir, la tête entre les mains, pleurant et regardant la fumée s'échapper de notre pauvre toit.... Seigneur, ayez pitié de moi !... Sainte Vierge, veillez sur ma famille, faites que je la revoie, et qu'au milieu de cette existence nouvelle qui va commencer pour moi, je conserve toujours les vertus et la foi de mes pères !

Après cette prière naïve, ce cri suppliant d'un cœur désolé vers le Créateur suprême, Yannik, un peu consolé, traça sur son front et ses épaules le signe de la rédemption, et, ramassant son bâton et son bissac déposés sur les marches de la croix, il reprit sa marche, l'âme un peu soulagée, le cœur plus confiant.

La route, très montueuse en certains endroits, descend parfois si brusquement qu'il est impossible de croire que des voitures puissent s'y hasarder. Des fossés, composés de grandes pierres blanchâtres mêlées à une terre argileuse, donnent naissance à une foule de ronces et d'ajoncs qui en couronnent le sommet. Derrière, on voit quelques champs cultivés, mais si rares qu'ils semblent pour ainsi dire perdus au milieu des vastes plaines de landes qui les environnent. Cela ne provient pas, comme on pourrait le croire, de la stérilité du sol, mais de ce que, presque tous les hommes étant destinés à la marine, il ne reste pas assez de bras pour la culture.

De temps en temps, un bouquet de sapins ou de chênes brûlés et desséchés par les vents marins, ou, sur une butte, un moulin coiffé de chaume manœuvrant ses grandes ailes de toile, rompent la monotonie du paysage.

Quant aux maisons, elles sont pour ainsi dire invisibles, cachées derrière un pli de terrain ; on dirait que les paysans bretons craignent de montrer leurs demeures aux yeux du voyageur.

Ajoutez à cela un ciel bas et nuageux enveloppant mélancoliquement les objets, et vous aurez la description complète de cette partie du Finistère.

Quelques corbeaux, se poursuivant dans les airs ou croassant à la cime des arbres, ajoutent encore à la tristesse dont on se sent saisi en traversant cette route monotone et presque toujours déserte.

Un fermier revenant du marché dans sa charrette, des femmes passant en tricotant, et, vers le soir, quelques vaches, les flancs couverts de la boue des chemins, voilà les seules et rares rencontres que le voyageur peut faire dans ces tristes campagnes.

Yannik poursuivait tranquillement sa route ; les pensées qui emplissaient son cœur, les projets d'avenir qu'il formait, l'empêchaient de sentir la fatigue. Il se voyait de retour, riche et heureux après une longue campagne, au hameau où il était né ; il se complaisait à l'idée du bien qu'il pourrait répandre autour de lui.

Cependant le soleil déclinait lentement, nuançant l'horizon de teintes pourpres aux reflets cuivrés. Yannik songeait déjà à l'opportunité de chercher un gîte où il pût passer la nuit. Il s'en inquiétait sérieusement, et allait s'engager dans un petit chemin couvert, au bout duquel sa perspicacité de Breton devinait une ferme, quand derrière lui il entendit le roulement d'une voiture. Yannik se rangea sur le revers du chemin pour la laisser passer ; mais, à sa grande surprise, elle s'arrêta, et une tête d'homme se pencha sur la route.

— Dis donc, petit, fit l'homme, sais-tu si nous sommes loin de Quimper ?

L'étranger aurait pu s'adresser plus mal ; mais Yannik, grâce aux leçons de son père qui avait beaucoup voyagé, parlait le français aussi purement que son idiome natal. Aussi répondit-il sans hésiter.

— Je l'ignore, Monsieur ; cependant tout me fait supposer que vous ne devez pas en être bien éloigné... une lieue et demie, tout au plus.

— Maudit pays ! murmura l'homme avec une impatience visible ; on ne peut avoir un renseignement exact.... Qui dit une heure en français en dit trois en breton, n'est-ce pas ?...

— Dame ! répondit l'enfant en souriant, cela

pourrait bien être. Pourtant, ajouta-t-il en regardant le cheval attelé au cabriolet, avec un pareil bidet deux lieues ne sont pas longues à franchir.

L'étranger sourit de la repartie, et considéra un instant le petit bonhomme dont la figure honnête, l'expression éveillée lui plurent sans doute ; car il reprit avec moins de brusquerie :

— Et où vas-tu comme ça, mon petit homme ?

— A Quimper, Monsieur.

— A Quimper !... C'est aussi, pour aujourd'hui de moins, le but de mon voyage.... Veux-tu venir avec moi ?... cela ménagera ta petite bourse.

— Ma foi, Monsieur, ce n'est pas de refus... et sans la crainte de vous gêner....

— Bah ! il y a de la place pour deux, dit l'étranger en riant ; monte....

Il tendit la main à l'enfant qui la saisit et monta lestement dans le cabriolet.

— En route, *Zéphir*, dit l'homme en touchant légèrement la bête du bout de son fouet, en route ; il nous faut arriver à Quimper avant la nuit....

VI

Le capitaine Dantec.

Yannik s'installa dans le cabriolet le mieux qu'il put. Il plaça son bâton et son paquet entre ses jambes et s'enfonça dans un coin, en ayant soin de se faire le plus petit possible, pour ne pas gêner l'étranger.

Celui-ci le regardait en souriant ; puis, quand il le vit commodément placé, il rendit toute la bride à Zéphir, qui redoubla de vitesse. C'était la première fois de sa vie que l'enfant roulait dans une voiture légère ; aussi resta-t-il pendant quelques moments tout étourdi.

L'étranger conduisait sur cette route pierreuse et accidentée avec une sûreté de main décelant une grande habitude de cet exercice. C'était un homme de trente-cinq ans environ. Son front était haut et bombé ; ses yeux grands et brillants d'intelligence. Sa bouche, assez petite et ornée de dents éblouissantes de blancheur, semblait contractée par le rictus ironique qui ne quittait pas ses lèvres. Il avait les cheveux d'un blond roux, et portait d'épais favoris taillés à la mode des marins d'alors.

Somme toute, l'ensemble de cette physionomie était plutôt engageant que repoussant.

— Tu es de Quimper, mon petit ami ? demanda-t-il à Yannik après quelques moments de silence.

— Non, Monsieur ; je suis de Camaret, et je me rends à Lorient.

— Seul ! dit l'étranger avec étonnement ; c'est donc pour une affaire bien grave ?

— Hélas ! murmura l'enfant, c'est pour m'embarquer.

Et encouragé par l'intérêt que l'étranger semblait lui témoigner, il raconta brièvement par quelle suite de circonstances il se trouvait forcé de quitter son village

L'inconnu écouta sans interrompre le récit de l'enfant. De temps en temps il jetait sur lui des regards étranges, et son sourire devenait plus ironique encore.

— Jeune, fort, déjà habitué à la mer, cet enfant me conviendrait parfaitement, murmurait-il mais assez bas pourtant pour qu'Yannik ne pût l'entendre.

Il y eut un moment de silence. Zéphir, digne de son nom, marchait au pas, mais semblait voler, entraînant la voiture au milieu d'épais tourbillons de poussière.

Enfin l'étranger reprit la parole.

— Connais-tu le capitaine Goulven ? dit-il brusquement.

— Très peu ; je ne l'ai vu qu'une fois, près du chevet de mon père.

— Ecoute, reprit l'étranger en donnant à sa voix un accent de douce persuasion, je me nomme Louis Dantec, et je suis aussi capitaine au long cours.... Comme toi je me rends à Lorient, où M. X***, le riche armateur, m'a promis le commandement d'un de ses navires.... Tu me plais beaucoup ; viens avec moi, tu trouveras à mon bord autant, si ce n'est plus, d'avantages que sur la *Sainte-Anne*, près de ce capitaine Goulven que tu ne connais pas.

Yannik leva sur le capitaine Dantec ses grands yeux, où se lisait un étonnement profond.

— Vous êtes trop bon de vous occuper d'un pauvre enfant comme moi, fit-il enfin. Dans un autre moment, j'aurais accepté vos offres, mais....

— Alors, tu refuses ? interrompit le capitaine.

— Monsieur le recteur de Camaret et ma mère m'ont dit d'aller trouver le capitaine Goulven ; notre protecteur m'a même donné une lettre pour lui, et je ne puis leur désobéir.

— Comme tu voudras, fit Dantec avec une indifférence trop affectée pour être réelle.

Et allumant un cigare, il fouetta Zéphir, qui n'avait pourtant pas besoin d'être ainsi stimulé.

— Je l'aurai cependant, murmura Dantec entre ses dents.

Pendant cette conversation, la nuit était tombée noire et sans étoiles. On fut obligé d'allumer les lanternes. Quelques minutes après, la voiture roulait sur le pavé inégal du chef-lieu du Finistère.

Le capitaine Dantec arrêta son cheval sur le quai de l'Odet, rivière qui forme le port de Quimper, en face de l'hôtellerie de l'*Ancre d'or*.

— J'espère, mon petit ami, dit-il à Yannik, que la conversation que nous venons d'avoir ne t'empêchera pas d'accepter mon hospitalité. Demain nous repartirons pour Lorient, et ton voyage se trouvera ainsi considérablement abrégé.

Yannik aurait bien voulu refuser : depuis quelques moments, la défiance le gagnait ; mais il ne l'osa pas.

Le capitaine Dantec jeta les rênes à un garçon accouru au roulement de la voiture, sauta à terre, et pénétra dans la première salle de l'hôtel, toujours suivi d'Yannik.

Une vieille femme, vêtue du costume si pittoresque des Quimperloises, vint à la rencontre des voyageurs.

— Que désire Monsieur ? dit-elle en très bon français.

— Préparez-nous deux chambres et servez-nous à souper, dit le capitaine.

La femme ouvrit une porte vitrée et montra au capitaine un petit cabinet assez confortablement meublé.

— Si ces Messieurs veulent entrer dans le *salon*, fit-elle, ils vont être servis immédiatement.

Et faisant signe à une servante de dresser le couvert, elle courut aux fourneaux.

— N'oubliez pas mon cheval, cria le capitaine.

— Monsieur peut être tranquille, dit la servante, le palefrenier s'en occupe déjà.

Yannik déposa son paquet et son bâton dans un coin, et s'assit sur le bord d'une chaise, pendant que Dantec, enfoncé dans un divan, fumait un deuxième cigare en attendant le souper. La maîtresse de l'hôtel n'avait pas menti en assurant les voyageurs de sa promptitude. Bientôt la table se trouva couverte de vieux flacons; des huîtres ouvertes s'étalaient sur une assiette; des crevettes écarlates, des radis, du beurre jaune et appétissant semblaient inviter les voyageurs à s'approcher de la table.

Le jeune Breton regardait tout cela d'un air étonné; accoutumé à la simplicité rustique de sa chaumière, il n'avait pas l'idée d'un luxe pareil.

Les couverts d'argent, l'acier brillant des couteaux, le cristal des verres et des carafes qui réfléchissaient en les répétant mille fois les rayons des candélabres, lui donnaient des éblouissements.

— Ces Messieurs sont servis, dit la servante en plaçant sur la table le potage tout fumant.

Le capitaine dit à Yannik de s'approcher de lui. L'enfant récita le *benedicite*, et Dantec, tout en riant de son embarras naïf, s'occupa de le servir. Une volaille rôtie, un poisson monstrueux, pêché dans les eaux du Steyr ou de l'Odet, et quelques gâteaux, complétèrent le repas. Le capitaine essaya de faire boire l'enfant; mais Yannik ne donna pas dans le panneau : il se défiait du vin dont il connaissait les effets désastreux.

— Il faut en finir pourtant, murmura Dantec.

Et, profitant d'un moment où Yannik ne pouvait le voir, il tira de sa poche un petit flacon, aux trois quarts plein d'une liqueur rougeâtre, et en versa quelques gouttes dans le verre du petit Breton.

—Allons, mon petit Yannik, dit-il d'un ton câlin, un dernier verre de vin; puis nous gagnerons nos chambres, afin de partir de meilleure heure demain matin.

Yannik n'osa refuser. Dantec, d'ailleurs, se montra bon sire : il ne remplit qu'à moitié le verre de l'enfant.

— A l'heureux succès de ton voyage, dit-il en riant.

Yannik remercia et but ; mais à peine eut-il posé son verre sur la table qu'un malaise général s'empara de lui. Ses yeux se voilèrent, sa tête s'alourdit, et sans Dantec qui le soutint, il serait tombé sur le parquet.

VII

Une trahison.

L'œil noir de Dantec s'alluma, brillant d'une joie sardonique : il prit dans ses bras robustes l'enfant toujours endormi, et le déposa sur le divan, où il demeura inerte et sans mouvement.

Yannik venait de céder à une forte dose de laudanum, que le capitaine, sujet aux rages de dents, portait toujours sur lui.

— Allons, murmura Dantec en se frottant les mains, à la lettre maintenant !

Il défit le petit paquet d'Yannik, fouilla scrupuleusement, ou plutôt sans scrupule, les modestes hardes qu'il contenait ; mais sans aucun succès : la lettre était introuvable. Il refit alors les paquets, s'approcha de l'enfant et renouvela ses recherches sans plus de bonheur.

— Bah ! dit-il en haussant les épaules, que m'importe ce chiffon de papier... vais-je me tracasser l'esprit à cause de lui?... Yannik l'a perdu ; ne nous en inquiétons donc plus.

Et il sonna la servante.

— Mon jeune compagnon a cédé aux influences de la boisson, dit-il en souriant ; je crois même qu'il s'est un peu grisé.

— Grand Dieu ! fit la bonne en levant les bras, si jeune !... Je vais appeler Pierre, qui le portera dans son lit.

— C'est inutile, dit vivement Dantec ; veuillez seulement m'éclairer, je le porterai moi-même dans la chambre que vous lui avez préparée.

La servante prit un flambeau et introduisit le voyageur dans une chambre proprement meublée et située au premier étage de l'hôtel.

Il déposa Yannik sur le lit et le couvrit de son manteau.

— Là, fit-il, un peu de repos et de tranquillité, et dans un quart d'heure il n'y paraîtra rien.

Puis il descendit avec la servante.

Au lieu de regagner le petit salon où il avait commis cet acte de trahison, abusant sans remords de la faiblesse d'un enfant qui s'était confié à sa loyauté, le capitaine dit quelques mots à la maîtresse de l'hôtel et sortit.

Huit heures sonnaient en ce moment à la cathédrale de Saint-Corentin. La nuit était profonde, et à cette époque où le gaz était encore inconnu, la municipalité quimperloise n'étalait pas grand luxe de réverbères; aussi, la marche était-elle des plus difficiles dans les rues obscures de la vieille cité bretonne.

Une petite pluie fine, tombant sans bruit sur le pavé gras et glissant, ajoutait encore aux désagréments d'une promenade nocturne.

Dantec se dirigeait vers la partie inférieure des quais où son expérience de marin lui faisait deviner bon nombre de cabarets. Il ne fut pas trompé dans son attente; en approchant, il distingua des maisons basses et à demi croulantes, s'avançant sans aucun ordre ni alignement. A travers les petites vitres enfumées, des lueurs rougeâtres glissaient par moments et se réfléchissaient sur le pavé humide.

Dans ces cabarets sans nom, le rebut de la population maritime se délassait des rudes travaux de la journée en absorbant du vin frelaté ou d'exécrable eau-de-vie.

Dantec enfonça sa casquette sur ses yeux et entra résolument.

Dans une salle basse et humide, une vingtaine d'hommes, assis près de tables vermoulues, buvaient et criaient. La fumée de l'alcool, mêlée à celle non moins odorante des pipes, rendait presque irrespirable l'air de ce bouge.

Le capitaine s'approcha du comptoir, derrière lequel une femme, d'une cinquantaine d'années, rouge comme une pivoine, trônait au milieu de ses flacons et de ses mesures.

— Avez-vous un bon matelot capable de me conduire à Lorient ? fit-il à voix basse.

— Seigneur ! fit la femme avec cette exagération particulière aux gens de son état ; mais j'en connais vingt, et d'honnêtes garçons encore !...

Dantec sourit à cette qualification.

— Un seul fera mon affaire, dit-il en souriant.

Et il alla s'asseoir près d'une table isolée.

Quelques secondes après, deux hommes à mine de forbans étaient en présence du capitaine. Celui-ci les regarda avec un singulier sourire.

— Nous sommes à vos ordres, dirent les deux hommes en saluant.

Dantec alluma un cigare pour se mettre à l'unisson de ses compagnons.

— Asseyez-vous près de moi, dit-il, nous avons à causer.

Puis, frappant du poing sur la table :

— Une bouteille d'eau-de-vie et des verres.

On s'empressa de le servir ; il versa quelques gouttes de liquide au fond de son verre, remplit à pleins bords ceux des deux matelots et trinqua avec eux.

Une conversation à voix basse s'engagea alors entre les trois hommes. Ce qu'ils se dirent, personne ne le sut. Un quart d'heure après, Dantec se leva.

— Vous avez de la chance, fit le premier matelot. La mer est dans son plein, la lune ne se lèvera pas avant minuit, et à cette heure nous serons loin.

— C'est entendu, reprit Dantec, dans une heure, à la calle en face.

— La barque et les hommes vous attendront.

Les deux marins vidèrent leurs verres ; Dantec mouilla à peine les lèvres dans le sien et le reposa sur la table.

— A tout à l'heure, dit-il.

Une heure après, à la pâle lueur des étoiles qui resplendissaient sur le crêpe foncé du firmament, une solide barque de pêche, les voiles carguées, glissait silencieusement sur les eaux de l'Odet.

Les avirons, maniés par des mains habiles, s'enfonçaient sans bruit dans les flots ; l'embarcation volait, laissant derrière elle un long sillon phosphorescent.

A l'arrière se tenait le capitaine Dantec; Yannik, enveloppé dans le manteau du capitaine, était étendu au fond de la barque, toujours plongé dans un sommeil léthargique.

Trois autres matelots, occupés aux avirons, complétaient l'équipage de la barque, *le Vautour*. Certes le nom était on ne peut mieux choisi, et de gens abrités derrière un tel patron, on ne pouvait attendre rien de bon.

Quimper était déjà loin, derrière les mille sinuosités du rivage; la brise fraîchissait de plus en plus, et la marée descendante activait encore la marche du petit navire. Dantec, en qui les matelots avaient reconnu leur maître, fit hisser la toile.

Le Vautour s'inclina sur le côté, et, habilement dirigé, fendit les vagues, qui, à mesure que l'on s'éloignait de la ville, devenaient plus fortes et plus pressées.

Mais éloignons les yeux des tableaux révoltants qui ont fourni matière à ce chapitre, et que, historien consciencieux, nous n'avons pu supprimer; laissons les misérables poursuivre dans l'ombre leur œuvre infâme, et précédons-les à Lorient, où le capitaine Goulven, un honnête homme celui-là, attend son protégé.

VIII

Lorient.

Le capitaine Goulven, assis dans sa cabine, devant un bureau, lisait une lettre qu'un petit bonhomme, debout à ses côtés, venait de lui remettre.

La cabine était semblable à celles des navires d'une certaine importance ; elle était parfaitement carrée, et les boiseries de chêne noirci, ornées de baguettes de cuivre brillant, dissimulaient d'autres réduits plus petits où étaient les couchettes du capitaine, du second et des passagers, quand, par hasard, *la Sainte-Anne* en prenait.

L'ameublement se composait d'un bureau, d'une table recouverte d'un riche tapis, et de banquettes rembourrées. La cabine recevait le jour par en haut ; des cartes géographiques, quelques petites peintures et des armes curieuses, échangées aux deux bouts du monde, décoraient les panneaux et achevaient de lui donner un cachet tout maritime.

— Enfin, te voilà près de moi, mon petit Yannik, dit Goulven en pliant sa lettre. Sais-tu que tu as fait diligence ?... Je ne t'attendais pas avant trois ou quatre jours encore.

Comment se fait-il que notre jeune Breton, que nous avons laissé entre les mains de Dantec et de ses complices, se trouve mantenant à bord de la *Sainte-Anne ?*

C'est ce que nous allons expliquer.

Le voyage s'était fait rapidement pour les bandits, et l'aurore n'éclairait pas encore les flots qu'ils étaient à Lorient. Quand Yannik revint de son sommeil léthargique, il était couché sur un misérable grabat, dans un de ces taudis infects qui pullulent dans les ports de mer et que fréquente le rebut de la population maritime.

Le soleil brillait dans tout son éclat, et ses rayons dorés, glissant à travers les vitres poussiéreuses, se jouaient sur les murs nus et lézardés.

Yannik ne se fatigua pas la tête à chercher où il était ; tout en trouvant l'ameublement médiocre, la chambre sale et mal tenue, il se croyait encore à l'hôtel de Quimper.

Bientôt la porte s'ouvrit, et Dantec parut.

— Eh bien, mon jeune camarade, dit-il en souriant, j'espère que le lieu où nous nous trouvons te rendra plus traitable?...

— Que voulez-vous dire, Monsieur?

— Nous ne sommes plus à Quimper, mon bon.

— Où sommes-nous donc?

— A Lorient.

— Vous mentez! s'écria le petit Breton en sautant violemment du lit sur lequel on l'avait couché tout habillé, vous mentez! car nous n'aurions pas quitté Quimper sans que je le susse....

— Bah!... tu dormais comme une marmotte, et nous n'avons eu d'autre peine que celle de te transporter dans l'embarcation qui nous a conduits ici.

Yannik demeura un moment silencieux, se creusant la tête pour essayer de deviner les projets du capitaine Dantec.

— Je vous crois, dit-il enfin; d'ailleurs, quel intérêt auriez-vous à me tromper?... Mais, maintenant que me voici rendu au terme de mon voyage, vous allez me remettre mon petit paquet et me permettre de rejoindre mon protecteur.

— Quoi! fit Dantec railleusement, nous quitter ainsi; mais tu n'y penses pas, mon bon?

— Que voulez-vous faire de moi, mon Dieu?

— Te garder.

— Monsieur Dantec, s'écria Yannik en saisissant la main du capitaine, au nom de Dieu, je vous en supplie, laissez-moi partir.... Que vous ai-je fait?... Vous me connaissez à peine.... Pourquoi vouloir me retenir?

— Parce que je le veux.

— Prenez garde, capitaine, reprit l'enfant, prenez garde; Dieu vous punira.

— Dieu ? fit Dantec en haussant les épaules ; nous sommes trop peu de chose pour qu'il daigne s'occuper de nous. Mais puisque tu ne veux pas céder, tu resteras enfermé ici ; nous verrons bientôt si l'isolement te rendra plus souple et plus docile à mes ordres.

Et il ouvrit la porte.

— Capitaine, dit encore Yannik en étendant la main, s'il arrive un malheur, ne vous en prenez qu'à vous !

Dantec poussa un éclat de rire strident et verrouilla soigneusement la porte.

Yannik comprit que toute résistance était inutile ; il s'agenouilla près de son lit et éleva la voix au ciel.

Pour bien comprendre l'acharnement du capitaine, quelques mots d'explication sont nécessaires ici. Depuis vingt ans qu'il naviguait dans la marine du commerce, la réputation de Dantec n'était pas sans tache. Son premier voyage, il l'avait fait comme second ; mais la campagne n'était pas terminée qu'il commandait à la place de son capitaine qu'une lame avait, dit-on, emporté. Des circonstances mystérieuses enveloppèrent cette mort ; quelques personnes prétendirent même avoir entendu Dantec dire à ceux qui le plaignaient de se trouver sous les ordres d'un homme aussi rigide que le capitaine Pennec : « Bah! la fortune sourit aux audacieux, et, suivant les circonstances, on lui donne un coup de main pour hâter la besogne. » On l'accusait aussi, mais sans preuves positives, de s'être livré à la piraterie. Tout cela était des bruits vagues ; car, à vrai dire, personne ne connaissait Dantec. Fixé depuis un an à Brest où il attendait un armement pour exercer ses talents, on ne savait d'où il venait, ce qu'il avait fait. C'est ce qui explique la cause des bruits contradictoires et des mille légendes qui couraient sur son compte. Nous saurons plus tard ce qu'il avait réellement été.

Dantec était parti depuis longtemps quand Yannik se releva. Son visage enfantin brillait d'une mâle résolution.

— Ma mère et monsieur le recteur ont dit d'aller trouver le capitaine Goulven, murmura-t-il : j'irai, et Dieu me protégera.

Cette résolution prise dans sa petite tête bretonne, il songea aussitôt aux moyens de l'effectuer.

Il s'approcha de la fenêtre et regarda. La maison donnait sur une petite ruelle fangeuse, bornée de tous côtés par les pignons aigus de vieilles maisons ; des bouffées d'air frais et légèrement salines que la brise apportait par moment, faisaient pressentir que le port n'était pas éloigné.

Au bout d'une minute d'observation, Yannik quitta la fenêtre.

— C'est par là que je sortirai, dit-il.

Quoique bien jeune, le petit Melgan avait déjà toute la fermeté de caractère de son père et de ses aïeux; il suffisait qu'une chose lui parût juste, qu'un projet se logeât dans sa cervelle, pour qu'il en poursuivît l'exécution sans se laisser abattre ni décourager.

La nuit vint enfin, faisant taire une à une toutes les rumeurs de la ville. Pas une étoile sur le crêpe sombre de la voûte céleste, pas une lumière aux maisons environnantes; une nuit qu'eussent enviée les conspirateurs ou le malheureux perché au faîte de quelque donjon sinistre.

Yannik sentit battre son cœur. Il se pencha sur la fenêtre, mais recula aussitôt : une patrouille de marins passait dans la ruelle sombre; en bas, dans le cabaret, quelques matelots chantaient à tue-tête.

Yannik attendit encore. Enfin neuf heures sonnèrent; les servantes du cabaret vinrent fermer les volets, et tout bruit cessa à l'étage supérieur.

Yannik, alors, enjamba la fenêtre qu'un seul étage exhaussait du sol, se suspendit aux pierres qui faisaient saillies, et, murmurant le nom du Très-Haut, se laissa glisser dans le vide.

Quelques minutes après, il courait dans la

direction du port de commerce situé au sud-ouest
de la ville. L'enfant passa le reste de la nuit dans
une barque échouée, et, quand le jour vint, s'in-
forma, près d'un douanier, où se trouvait *la Sainte-
Anne*; le garde-côte lui apprit qu'elle était mouillée
près de l'île Saint-Michel. Yannik, heureusement,
avait conservé sa petite bourse; il s'arrangea avec
un pêcheur, qui, moyennant un demi-écu, le
conduisit à bord du brick.

Arrivé là, Yannik se fit mener au capitaine
Goulven, et lui remit la lettre du bon recteur de
Camaret, lettre que sa prévoyante mère avait
cousue dans la doublure de sa veste.

IX

Loïck, le maître d'équipage.

— Enfin, te voilà près de moi, mon petit Yannik,
disait Goulven en pliant sa lettre au moment où
nous nous sommes arrêtés.

Yannik voulut répondre; le capitaine reprit
aussitôt :

— Je vais immédiatement écrire au bon rec-

teur de Camaret afin qu'il tranquillise ta mère
sur les événements de ton voyage, qui s'est, je
crois, bien passé. Ecoute-moi bien : dès aujour-
d'hui, tu es inscrit sur le rôle de mon équipage.
J'ai promis à ta mère et à M. l'abbé Duval de
veiller sur toi, je tiendrai ma promesse. Mais que
mon affection ne t'enhardisse pas au mal; pour toi,
plus que pour un autre, je serai sévère, d'autant plus
que je te regarde comme mon fils, et que je veux
te rendre digne de ton père, qui est au ciel.

— Oh! capitaine! s'écria l'enfant en saisissant
la main de Goulven et en la portant à ses lèvres,
les bontés que vous avez pour moi ne me font pas
oublier qui je suis. Je veux désormais, par ma
bonne conduite et mon application, travailler à
les mériter.

—C'est ainsi que je l'entends, dit le capitaine
en souriant. Voilà ta chambre, poursuivit-il en
poussant un panneau qui masquait une petite cabine ; je te garde près de moi pour te soustraire
à l'influence de quelques-uns de l'équipage. Je
vais aussi te donner un matelot pour commencer
ton éducation maritime, et te piloter dans la
ville, si tu désires la visiter; car, malheureusement,
l'heure du départ n'a pas encore sonné. Mon
vieux Bergot, le second de la *Sainte-Anne*, est
dangereusement malade. Je te dis ça, fit encore

le capitaine, parce qu'un matelot ne doit rien ignorer de ce qui se passe à bord.

En ce moment, un mousse, le bonnet à la main, se montra sur le seuil de la cabine.

— Quoi de nouveau ? demanda le capitaine.

— Capitaine, fit le mousse, il y a là-haut un *terrien* qui demande à vous parler.

— C'est bien, fais-le descendre.

Et comme le mousse s'éloignait, il le ratint d'un geste.

— Conduis cet enfant au vieux Loïck; dis-lui que c'est un nouveau mousse et que je le lui confie jusqu'à nouvel ordre.

— Bien, capitaine.

Et le mousse s'élança hors de la cabine.

— A tout à l'heure, dit le capitaine; nous reprendrons cet entretien.

Yannik sortit de la cabine, saisit la rampe de cuivre et grimpa l'escalier. Tout à coup il poussa un cri : dans l'homme qui suivait le mousse, il venait de reconnaître le capitaine Dantec.

Celui-ci se détourna; le mousse descendait toujours.

— Toi ici ! fit Dantec.

— Je suis à bord de la *Sainte-Anne*, et je ne crains rien, repartit fièrement l'enfant.

— Ecoute, dit Dantec en lui saisissant la main

pour l'empêcher de passer outre, m'en veux-tu toujours?

— Vous garder rancune ne serait pas d'un chrétien ; je ne suis pas votre obligé, voilà tout.

— Tu tournes la question. Enfin, as-tu parlé de notre rencontre au capitaine Goulven?

— Je ne lui en ai pas dit un mot.

— Eh bien, Yannik, si tu as quelque pitié pour un homme qui, après tout, ne voulait que ton bonheur, jure-moi que tu te tairas sur cet événement.

— Je n'ai pas de secrets pour mon capitaine.

— Mais s'il ne t'en parle pas?

— Alors je garderai le silence.

— Tu me le jures?

— Vous avez ma promesse, cela doit vous suffire.

— J'y compte, murmura Dantec.

Ces mots s'échangèrent à voix basse avec une telle rapidité que le mousse ne s'aperçut de rien. Il introduisit Dantec dans la cabine et remonta trouver Yannik, qui venait de pousser l'écoutille et marchait sur le pont.

La Sainte-Anne, complètement réparée de ses avaries, était leste et pimpante comme une corvette de guerre : quatre petits canons étincelaient sur le gaillard d'arrière ; les cuivres de l'habitacle et de la roue du gouvernail reluisaient comme de l'or ; une ménagère eût envié, pour le plancher de sa chambre, la blancheur du pont.

Les matelots, assis sur des rouleaux de cordages, causaient gaiement entre eux ; d'autres, perchés dans les hunes ou dans les enfléchures, enduisaient les manœuvres d'une épaisse couche de goudron, et, près de sa *cambuse*, le *coq* (1), le visage noir de fumée, épluchait tranquillement des pommes de terre sans paraître se soucier des railleries des marins ; car chacun sait que le coq ne possède pas l'estime et la confiance générales, et que bien souvent, à bord, on l'accuse de *se goberger* dans sa cambuse, aux dépens des vivres de l'équipage.

Sur le gaillard d'arrière, un vieux loup de mer, à la figure bronzée par le soleil du tropique, se promenait silencieusement en fumant sa courte pipe. A le voir ainsi isolé, on eût dit qu'il ne jugeait pas le reste de l'équipage digne de frayer avec lui.

C'était Loïck, le maître d'équipage.

Le moussaillon mit cap sur lui.

— Maître Loïck, fit-il en désignant Yannik, v'là un nouveau mousse que l'cap'taine vous envoie pour que vous lui appreniez un peu à marcher en équilibre sur le bout d'une vergue.

— Ah ! le capitaine me l'envoie pour que j'le

______
(1) Coq, cuisinier.

forme, fit le vieux marin dont le petit œil étincela, c'est bon ; j'm'en charge, et avant peu il saura serrer proprement un bout d'élingue, et reconnaître, *à vue d'nez*, un matelot d'un *terrien*.

— Il faudrait n'avoir jamais mis le pied dans un bateau pour ignorer ces choses, dit le jeune Melgan avec une petite pointe de fierté, et j'ai navigué.

— Où ça ?... sur l'eau d'un *doué* (1), dans la cuve d'une blanchisseuse avec un *battoué* (2) pour aviron ? railla le vieux maître.

— Non, mais dans la barque de mon père, qui était un ancien second maître de la marine militaire ; car je suis le fils d'un pêcheur de Camaret.

— Camaret ! ce chien de pays où *la Sainte-Anne* a failli se pomoyer pour l'éternité au fin fond des vagues !... Alors tu connais le nom de ce brave homme qui est venu à notre secours !

— Je crois bien : c'était mon père.

— Mille grelins ! s'écria le vieux marin, tu es le fils du brave qui a sauvé *la Sainte-Anne*, cette vieille barque sur laquelle j'ai parcouru les quatre coins du monde !... Alors, crains rien ; je te prends dans mon sillage, et malheur à celui, matelot ou moussaillon, qui te regardera de travers.

(1) Doué, lavoir.
(2) Battoué, battoir pour battre le linge.

X

Le second.

A ce moment, le capitaine Goulven, ayant Dantec à ses côtés, parut sur le pont.

— Loïck, dit le capitaine au maître d'équipage, rassemble les hommes.

Le vieux maître se hâta d'obéir ; quelques minutes après, tout l'équipage était réuni au pied du grand mât.

— Enfants, dit Goulven de cette voix claire et vibrante qui savait dominer le fracas de la tempête, la longue relâche que nous avons faite ici touche à son terme : demain nous levons l'ancre.

— Hourrah pour le capitaine Goulven ! crièrent tous les hommes heureux de reprendre enfin la mer, hourrah !

Et bonnets et chapeaux se croisèrent dans les airs ; matelots et moussaillons, tout le monde s'embrassait et se serrait la main.

— Enfin, s'écria Loïck en poussant un soupir de satisfaction, nous allons donc encore courir bordée sur bordée, embardée sur embardée ! C'est pas malheureux, mille sabords !... Je commençais pas mal à m'ennuyer de rester toujours en panne, avec une ville pour horizon et pas un brin de vent pour faire siffler les cordages.

Il faut dire que ce que le vieux matelot appelait un brin de vent, était une belle et bonne rafale... rien que ça !

— Ce n'est pas moi qu'il faut remercier, reprit Goulven en souriant, mais bien le capitaine Dantec, désormais le second de la *Sainte-Anne*, qui nous apporte cette bonne nouvelle.

— Hourrah pour le second ! répétèrent les matelots.

— Le second ! murmura Yannik. Oh ! si j'avais su....

Et il s'arrêta effrayé. Tout un sombre avenir se déroulait devant lui. D'un mot il pouvait confondre Dantec et prouver au capitaine Goulven que la présence de cet homme souillait le pont de la *Sainte-Anne;* mais il avait promis de se taire, et on sait garder son serment quand on est Breton.

De son côté, le vieux maître était pensif.

— Ça un matelot !... mais c'est un muscadin ! grommelait-il en comparant la mise élégante et recherchée du second avec la tenue sévère du capitaine. Cette tête ne me revient pas, et pourtant il me semble l'avoir vue quelque part... où donc ?...

— Allons, garçons ! reprit Goulven, à la

besogne et vivement! que tout soit paré pour le départ. Demain, au point du jour, nous profiterons de la brise et de la marée descendante pour gagner la pleine mer.

Les matelots s'éparpillèrent dans toutes les directions, et bientôt le pont de la *Sainte-Anne* offrit un coup d'œil des plus animés.

Le capitaine et son second s'étaient retirés sur le gaillard d'arrière.

— Sur la recommandation de M. X***, notre armateur, qui vous a présenté à moi comme un marin loyal, j'ai accédé de suite au désir qu'il avait de vous voir remplacer mon vieux Bergot, qu'une maladie cruelle tient *en panne* sur un lit de souffrance. Je suis persuadé que vous ne ferez pas mentir la favorable appréciation du digne armateur. Cependant, je veux vous prévenir. J'ai établi, à bord, une règle sévère qui doit être observée par tous, à commencer par nous. Les boissons alcooliques, les propos licencieux, les refrains de tavernes sont rigoureusement prohibés. Depuis dix ans que je sers dans la marine marchande, telle a été ma règle invariable, et je m'en suis toujours très bien trouvé. Mais vous, qui avez, dit-on, commandé plusieurs navires, peut-être trouverez-vous la vie trop rigide ici : voilà pourquoi j'ai voulu vous prévenir.

— Capitaine, dit Dantec avec un sourire mielleux, le plaisir d'obéir sous vous est pour moi plus doux que l'orgueil de commander ailleurs.

— Prenez garde, Monsieur, dit Goulven en souriant, vous allez me gâter par vos flatteries. Mais ce n'est pas tout : il faut faire transporter vos malles et vos bagages ici; car, passé le coucher du soleil, aucun canot n'accostera le brick.

La barque qui avait amené Dantec attendait toujours sous la poupe de la *Sainte-Anne*. Le second serra·la main du capitaine, et, saisissant une corde pendant le long des flancs du brick, se laissa glisser dans son canot.

— Avant partout! cria-t-il en saisissant la barre.

Les matelots enfoncèrent leurs avirons dans les flots, et la petite barque s'éloigna de la *Sainte-Anne*. Debout à l'arrière, Goulven faisait un signe amical à son second.

— Quel navire! murmura ce dernier avec son éternel sourire ; quel capitaine! quel équipage!... C'est à se croire dans un couvent de trappistes! Ah! il n'y a qu'un Dantec capable de changer tout cela.

Puis sa pensée se reporta sur Yannik.

— Fâcheuse rencontre, murmura-t-il encore ; il n'aurait qu'à parler pour tout perdre. Heureusement qu'il a déjà tout l'entêtement de ceux de sa race. D'ailleurs, on saura, au besoin, lui poser un nœud plat sur la langue.

Le lendemain, à la marée descendante, *la Sainte-Anne*, couverte de toiles du pont aux perroquets, descendait le Scorff. Les matelots, perchés sur les haubans ou accoudés aux bastingages, regardaient mélancoliquement les rives qui s'enfuyaient derrière eux, et devant, à l'embouchure de la rivière, la mer, la mer immense avec ses naufrages et ses tempêtes.

Ce n'était plus la joyeuse agitation de la veille, cette hâte d'en finir avec les ennuis de la terre. Chacun, l'œil humide, le cœur oppressé, regardait derrière soi. C'est qu'il n'y en avait pas un qui ne laissât à terre une mère chérie, une femme adorée ou une sœur dont il était l'unique soutien; les plus malheureux avaient des amis.

Loïck seul était impassible; la veille, en apprenant qu'on allait lever l'ancre, il avait témoigné sa joie; quel besoin d'y revenir? Les deux mains derrière le dos, l'œil fixé à l'horizon, il donnait ses ordres aux matelots ou quelques conseils au pilote.

Yannik, lui, ne se donnait pas la peine de cacher son chagrin; penché sur le couronnement de la poupe, les yeux pleins de larmes, il regardait. Cette terre qui s'enfuyait, n'était-ce pas la Bretagne, Camaret et la pauvre chaumière où il avait vécu si heureux?... Toutes ces pensées déchiraient le cœur du petit abandonné et faisaient couler ses pleurs.

Alors il s'agenouilla sur le pont, et, les mains jointes, murmura la naïve prière du matelot breton :

— Mon Dieu, fit-il, protégez-moi; mon navire est si petit, et votre mer si grande !

Depuis quelques instants, la brise fraîchissait de plus en plus, les vagues faisaient rouler le navire, et les côtes du Morbihan n'étaient plus qu'une masse bleuâtre à la cime dorée par les premiers rayons du soleil.

La Sainte-Anne voguait dans l'océan Atlantique.

XI

En mer.

La Sainte-Anne naviguait en destination de Rio-Janeiro; elle portait dans ses flancs un riche chargement d'étoffes et d'objets précieux, et devait prendre en retour les plus rares productions du Brésil.

Un tel voyage n'était pas sans danger à cette époque de guerre perpétuelle avec l'Angleterre, et *la Sainte-Anne* avait à craindre, non seulement les vaisseaux de ligne, mais encore les corsaires qui pullulaient alors. Afin de conjurer autant que possible ces dangers, l'armateur avait choisi des matelots déjà aguerris et familiers au maniement des armes. *La Sainte-Anne* portait quatre canons, des armes et des munitions en quantité suffisante. Comme on le voit, le brick était en état de faire respecter son pavillon.

Disons quelques mots des hommes de l'équipage, afin de ne plus revenir sur ce sujet.

Outre Goulven, Dantec et Loïck, vieux matelot dévoué à son capitaine et lui obéissant comme le gouvernail à la main du timonier, le brick comptait encore dix-huit hommes d'équipage. C'étaient, pour la plupart, d'honnêtes marins dont les antécédents étaient connus de Goulven, avec lequel ils avaient déjà fait plusieurs campagnes. Cependant, là comme partout, il y avait des meneurs, hommes jamais contents de leur sort, qui ne cessaient jamais de se plaindre de tout et particulièrement du capitaine parce qu'il était le maître. De ce nombre étaient les matelots raccolés par Loïck pour remplacer ceux qui avaient péri pendant la tempête horrible que le brick essuya près de Camaret.

Nous ne dirons rien des deux mousses : l'un, Yannik, est suffisamment connu du lecteur ; l'autre, François, était le neveu d'un des matelots du brick.

Les côtes du Morbihan n'étaient plus qu'un point presque imperceptible à l'horizon. Le vent se maintenait bon ; la mer, forte et houleuse. Mais le brick portait gaillardement la toile, et tout faisait présager, si le temps se maintenait ainsi, une bonne navigation à la *Sainte-Anne*.

Goulven, d'un coup d'œil rapide, s'assura que tout marchait bien, que chacun était à son poste, et, adressant quelques paroles à Dantec qui fumait son cigare en se promenant sous le vent, alla droit à Yannik.

Le petit Breton était toujours à la même place, regardant machinalement l'horizon où il devinait les côtes de la Bretagne.

— Allons, Yannik, dit le capitaine en posant la main sur l'épaule de l'enfant, du courage !

Yannik leva la tête, souriant au milieu de ses larmes.

— Ce n'est pas la raison qui souffre, murmura-t-il, c'est mon cœur.

— Je ne te blâme pas, enfant. Celui qui a les yeux secs et le cœur léger en quittant patrie et famille, celui-là n'a pas d'âme. Ne crains donc pas de me montrer tes larmes, ton émotion. Je l'ai ressentie, quand, pour la première fois, je quittai une mère chérie pour affronter les caprices des flots ; et aujourd'hui encore, aujourd'hui que je n'ai personne à aimer, personne qui s'intéresse à mon sort, mon cœur se gonfle malgré moi, quand je perds de vue la terre de la patrie.

Yannik prit la main du capitaine et la porta à ses lèvres.

— Que vous êtes bon, fit-il.

— Chut ! dit Goulven en souriant. Tu me traites comme un dandy !... Tu oublies donc que nous sommes matelots.

En ce moment, un cri tomba de la hune du grand mât.

— Voile ! cria la vigie.

— Où ?

— A babord... au vent.

Goulven s'empara vivement de la lorgnette que lui tendait le second, sauta sur le rouffle et regarda dans la direction indiquée. Il aperçut bientôt, à une distance inappréciable, un point blanc comme une aile de goéland qui rasait le flot. Goulven ne s'y trompa pas : ce point à peine visible était un navire, un navire ennemi peut-être.

Les hommes, les bras croisés, l'œil fixé sur la voile inquiétante, attendaient.

Cependant, comme *la Sainte-Anne* ne diminuait en rien la quantité de sa voilure, le navire, qu'on avait un instant entrevu, disparut sans que les matelots pussent savoir quelle était sa nationalité.

— Allons, grommela Loïck, il va falloir maintenant se tenir sur le qui-vive sans savoir si c'est un ennemi ou un ami qui *bourlingue* dans vos eaux.

— Rassure-toi, vieux marin, fit Goulven : si c'est un navire de commerce comme nous, quelles que soient ses couleurs, nous n'avons rien à craindre; si, au contraire, c'est un pirate, nous lui montrerons que les gars de l'Armorique ont de la poudre et des balles à son service.

— Et si c'est un vaisseau de ligne? interrogea le vieux maître en se grattant l'oreille.

— Alors, mon brave, gare les pontons! intervint railleusement Dantec.

Le vieux maître bondit comme un navire heurtant les écueils.

— Les pontons! s'écria-t-il en haussant les épaules; on voit bien que vous êtes novice à bord, pour parler ainsi. Savez-vous ce que ferait le vieux Loïck s'il était capitaine et que les *Goddem* fussent devant lui?

— Il baisserait pavillon... contre la force....

— Il clouerait le drapeau à la corne du grand mât, jetterait le grappin sur l'Anglais et se ferait sauter avec sa coque... Voilà, monsieur Dantec, dit le vieux matelot en ôtant son bonnet, ce que Loïck ferait.

— Calme-toi, vieux gabier, dit gaîment Goulven ; tes souvenirs de la marine militaire t'emportent trop loin.... Nous ne sommes pas ici sur un vaisseau de haut-bord, et quant aux corsaires, Dieu saura les écarter de notre route.

— En attendant, reprit l'incorrigible Loïck, faudra ouvrir les écubiers.

Comme l'avait dit Goulven, cet incident n'eut pas de suite ; la voile inquiétante ne reparut plus.

La cloche piqua midi. Les matelots coururent à la cambuse chercher leur ration de bouillon, de bœuf et de biscuit ; Dantec, Goulven et Yannik, que le capitaine faisait manger à sa table, descendirent dans la cabine où le dîner était servi.

A la fin du repas, les deux hommes prirent le café ; pendant ce temps, le jeune Melgan monta sur le pont, où il trouva le vieux Loïck toujours seul, suivant son habitude. Le maître fit signe à Yannik de s'approcher de lui, lui parla d'une voix affectueuse qui contrastait étrangement avec sa rudesse ordinaire, finit par lui raconter les périls que *la Sainte-Anne* avait courus dans la baie de Camaret, et montra à son jeune auditeur la place qu'occupait le courageux Melgan, lorsqu'une lame furieuse l'emporta.

Il n'avait pas fini que l'enfant, s'agenouillant sur le pont, baisa respectueusement les planches sur lesquelles son père avait marché.

— Brave enfant! murmura Loïck, il aime son père comme j'aime le brick.... Quel matelot ça fera!

Et battant le briquet, il fourra un morceau d'amadou dans le fourneau de sa pipe, sans s'apercevoir qu'il avait oublié d'y mettre du tabac.

XII

La vie en mer.

Le temps est le seul baromètre qui, en mer, règle la vie du marin. Que la brise soit légère, le flot calme et transparent, les matelots, penchés sur la lisse, regardent tranquillement les dorades et les bonites rôder autour du navire, ou, la pipe entre les dents, étendus sur le pont comme des cachalots au soleil, ils rêvent au pays absent tout en écoutant un *vieux de la cale* narrer, avec des expressions pittoresques, l'histoire d'un jeune marin qui, par son courage et la protection de son parrain — l'enchanteur ! — finit par conquérir un royaume, *ousque toutes les villes sont des ports de mer*, et par épouser une princesse.

Mais quand la tempête siffle dans les cordages, emportant la voilure par lambeaux, quand la vague écumante couvre le pont du navire, ces hommes, si indolents tout à l'heure, se redressent et rugissent avec l'ouragan. Debout sur le pont incliné, une hache à la main, ou suspendus au-dessus de l'abîme, n'ayant qu'une corde vacillante pour se soutenir, ils écorchent leurs mains calleuses, essayant de serrer un morceau de toile rude et trempée, toujours prêts à faire le sacrifice de leur vie pour sauver le navire. Puis, si la rafale redouble de violence, si le navire, faisant eau de toutes parts, semble s'enfoncer d'instant en instant, on voit ces durs matelots s'agenouiller, ces têtes grises ou blondes se courber silencieusement, et une voix, à peine distincte au milieu des rugissements affreux de l'ouragan, s'élève vers le ciel ! Les hommes, reconnaissant leur faiblesse et leur impuissance, implorent le secours d'en haut.

Et quand la tempête, lasse de gronder, se calme lentement comme à regret, quand un rayon de soleil, perçant les nuages sombres, brille comme un sourire de Dieu sur la plaine sans bornes, ceux qui ont échappé au péril se serrent la main, promettent un *ex-voto* à la chapelle du hameau, et s'agenouillant de nouveau, disent un *De profundis* pour ceux que le flot a enveloppés dans un vaste linceul. Telle est la vie du marin.

La Sainte-Anne naviguait sous une bonne brise avec une mer peu fatigante; aussi, sauf les matelots occupés à la surveillance des voiles, chacun était libre de travailler à sa guise.

Le plus grand nombre passait son temps à se reposer en prévision des fatigues à venir; d'autres raccommodaient de vieilles voiles, rangeaient les câbles et les haussières, et, près de sa cambuse, le coq lavait la vaisselle du capitaine.

Loïck, pour qui le repos était, comme il le disait ingénument, la pire de toutes les occupations, Loïck, ayant Melgan à sa droite et François à sa gauche, apprenait aux deux enfants à conduire un bâtiment sans autre indication que celle de la boussole, à se servir du loch pour mesurer la distance que parcourt un navire, et mille autres détails qu'un matelot ne doit pas ignorer.

— Et maintenant, dit-il quand, au grand plaisir de François qui n'y comprenait pas un mot, la démonstration fut terminée, toi, François, tu vas prendre par l'échelle de bâbord, et toi, Yannik, par celle de tribord. Nous *verrons voir alorsse* lequel s'affalera le premier sur la hune du grand mât.

Les deux enfants s'élancèrent dans les haubans. Au premier abord, la lutte semblait inégale ; mais si François avait pour lui l'agilité et l'habitude d'un pareil exercice, Yannik possédait le courage et la force qui surmontent tout. Ce fut lui qui le premier posa le pied sur la hune au moment où la tête ébouriffée du mousse se montrait à la lunette. Pour cacher son dépit, il saisit un cordage et se laissa glisser sur le pont. Yannik voulut l'imiter ; mais, au lieu de prendre dans un cordage fixe, il saisit une drisse passée dans une poulie et se lança en avant : la drisse se déroula en sifflant avec une rapidité effrayante, et l'enfant fut précipité sur le pont.

Loïck courut pour le relever : Yannik était déjà debout.

— Quel gaillard ! murmura le vieux maître ; hardi comme un flibustier, il fera son chemin !

François se tenait coi, n'osant ni avancer ni reculer. L'enfant avait bien raison de craindre ; d'un geste impérieux, Loïck lui fit signe d'approcher.

— Ecoute, moussaillon des moussaillons, dit gravement le vieux maître : par ta faute, un malheur a failli arriver à ce gars ; tu en subiras les consé-quences....

— C'est pas d'ma faute, maître Loïck, geignit l'enfant qui se fourra le poing dans l'œil pour faire sortir une larme qui ne voulait pas venir.

— T'as péché par deux points, moussaillon : d'abord en jouant à ce jeu, vu que l'enfant n'y connaissait rien ; ensuite en passant le premier, quand la politesse t'ordonnait de rester le dernier. En attendant, ramasse-moi ce bout d'élingue qui se promène là-bas, que je te *calfate* un peu la carcasse.

Le mousse obéit en tremblant ; il ramassa le bout de corde, et le tendit au vieux maître, qui le fit tournoyer dans les airs.

Il était temps pour les épaules du malheureux François qu'Yannik intervint.

— Maître Loïck, dit-il d'une voix caressante, faites-lui grâce, la faute est à moi plutôt qu'à lui ; puis, je n'ai eu aucun mal.

Le vieux maître, tout en riant dans sa barbe, se laissa désarmer.

— Allons, dit-il, je cède pour cette fois, mais que ça ne recommence plus. François, donne la main à Melgan, c'est un brave petit garçon, et jurez tous deux de vous aimer comme deux francs matelots.

Un éclat de rire ironique interrompit le *speech* du vieux marin.

Il se retourna, et aperçut Dantec, qui, le cigare

aux lèvres, les bras croisés sur la poitrine, regardait en souriant.

— Faut pas rire, monsieur Dantec, reprit Loïck sans se déconcerter; ce qui n'est qu'un jeu aujourd'hui sera sérieux plus tard. « Petit poisson deviendra grand, » et les moussaillons seront un jour des hommes. Alors ils se souviendront que je les ai amatelotés quand ils n'étaient pas plus haut que la marmite du maître coq, et ils s'en aimeront davantage.

— C'est bon, interrompit le second avec un geste d'impatience. La brise fraîchit, fais prendre un ris dans les basses voiles et serrer les perroquets.

Et il s'éloigna en mâchonnant le bout de son cigare.

Loïck haussa dédaigneusement les épaules et s'occupa de faire exécuter l'ordre qu'il venait de recevoir.

La nuit descendit bientôt, couvrant l'océan de ces sombres voiles semés de brillantes constellations. Les feux furent allumés, les hommes de quart placés à leurs postes, et tout l'equipage s'accroupit au pied du mât de misaine pour écouter Allain Kerdoncuff, surnommé le conteur. Loïck, qui traitait ces récits de blagues, se retira à l'écart. Les pipes s'allumèrent alors, les chiques furent poussées à leurs postes respectifs, et, au milieu du plus profond silence, le conteur entama une de ces histoires merveilleuses qui commencent le premier jour de l'embarquement et ne se terminent qu'à la fin de la campagne, à moins qu'un naufrage ou un combat ne l'interrompe au moment le plus interressant.

La Sainte-Anne, poussée par une bonne brise, filait gentiment ses huit nœuds à l'heure.

Ainsi se passa le premier jour.

XIII

Souffle de révolte.

Nous n'avons pas l'intention de suivre *la Sainte-Anne* dans les premières péripéties de sa course à travers l'océan Atlantique. Sauf quelques coups de vent que le brick essuya avec son intrépidité ordinaire, le journal du bord n'avait à enregistrer aucune mention particulière.

Cette traversée sans incident commençait même à peser aux matelots; ils appelaient de tous leurs vœux une bonne tempête qui pût leur donner un peu d'émotion.

Goulven était toujours bon et affectueux pour tous et particulièrement pour Yannik, que les

matelots appelaient le « mousse du capitaine. »
Dantec dis simulait ; il paraissait avoir oublié ses
projets de vengeance et mettait une affectation profonde à traiter le jeune Melgan comme le dernier
des moussallons du bord.

Mais, pour qui connaissait le second, ce calme
apparent cachait un orage : la tempête couvait sous
son sourire.

Cependant il était facile de voir qu'il cherchait par
tous les moyens possibles à s'attirer la sympathie
de l'équipage. Il ne laissait aucune occasion de leur
rendre service, s'asseyait comme le dernier matelot
sur un rouleau de cordages, écoutant leurs histoires
burlesques et mêlant ses récriminations aux leurs.

Goulven, dont le cœur loyal ne voyait le mal nulle
part, trouvait tout naturel que son second cherchât
à se faire aimer. Et quand le vieux Loïck disait,
suivant sa coutume, que Dantec « naviguait comme
un flibustier, » il haussait les épaules en souriant.

Un matin, *la Sainte Anne*, coquette sous ses voiles
blanches que la brise parvenait à peine à gonfler,
traçait un profond sillon dans les eaux calmes et
profondes. L'atmosphère était pure et embaumée, et
dans les profondeurs d'un ciel d'azur quelques oiseaux marins décrivaient mille courbes fantastiques.
La toilette du navire était déjà faite ; les hommes,
abrités sous de longues toiles tendues pour se ga-

rantir des ardeurs du soleil, dormaient profondément; dans un coin, un vieux Breton disait dévotement son chapelet; deux autres, assis sous la chaloupe renversée, causaient avec animation.

— Ainsi, mon vieux Legac, disait Ménez un des matelots enrôlés à Lorient, tu dis que nous approchons de la ligne?

— Il faudrait n'avoir jamais navigué dans ses parages pour ne pas s'en apercevoir, répondit dédaigneusement Legac.

— T'as raison.... Enfin, nous allons nous donner de l'agrément et rigoler un peu. Pour ma part, j'ai dans mon sac ma défroque complète d'un garde champêtre, que j'ai décrochée à l'étalage d'un fripier de Lorient.

— Moi, j'ai un costume de sauvage, que mon cousin, qui a jadis conduit le bœuf gras, m'a prêté. Jupe et bonnet en plumes, *caneçon* couleur chair, collier et autres ornements en canines de chien pour figurer des dents d'éléphant.

En entendant ces paroles, les matelots prêtèrent l'oreille. Ils se levèrent bientôt et firent cercle autour des deux causeurs.

— Partageons les rôles, dit alors un matelot à la structure athlétique. J'ai déja fait le grand Neptune, et je prétends encore me charger de représenter ce personnage.

— Et moi je serai son illustre épouse, fit la voix aigre du mousse François.

— Moi j'ai porté mon *biniou* (1) pour vous faire danser, reprit un autre.

— C'est ça, garçons, amusez-vous bien, interrompit le vieux Loïck, et pendant ce temps la barque ira à l'aventure.

Personne ne répondit; le vieux maître reprit :

— Vous êtes dix ici qui prétendez avoir part comme acteurs dans le divertissement. C'est bon ! Mais les autres qui sont de quart, là-haut, croyez-vous qu'ils se résigneront facilement à vous servir de mannequins?... Ils voudront être aussi quelque chose dans la mascarade.... Qui baptiserez-vous?... Ce n'est pas le capitaine... ni moi non plus?... à moins que ce soit le second qui se rachètera.

— C'est vrai, firent quelques matelots; pas de passagers, pas mèche de rigoler.

— Bah! on a toujours les mousses, objecta Legac, et si l'on ne peut faire autre chose, on boira.

— C'est ça, reprit le vieux maître, grisez-vous commes des païens, et pendant ce temps arrivera quelque bon coup de tangage qui vous enverra faire un tour dans le royaume des poissons avec vos habits de saltimbanques collés sur la carcasse... ce sera du propre!

(1) *Biniou,* instrument breton, sorte de musette..

— Ah ça! dit Ménez qui se sentait soutenu par cinq ou six des plus mauvaises têtes de l'équipage, on ne nous empêchera pas de nous amuser un peu, je pense?... Avec ça que la vie est si agréable sur la *Sainte-Anne!*... La fête du père Laligne se célèbre sur tous les bâtiments....

— Mais pas sur le brick, tant que le capitaine Goulven y commandera et que j'y serai maître d'équipage, fit Loïck avec fermeté.

— C'est ce qu'il faudra voir! dit Ménez d'un ton menaçant.

— Oui, c'est ce qu'il faudra voir! répétèrent quelques matelots.

— C'est ce que vous verrez alors, dit Loïck froidement.

En ce moment, Dantec montait sur le pont. Il vit un rassemblement, entendit des éclats de voix, et, curieux d'en connaître la cause, s'avança jusqu'au groupe.

— Eh quoi! mes braves, quelle avarie à la coque ou à la mâture que je vous trouve si bouleversés?

— Lieutenant, fit Ménez, Loïck prétend, ce qui ne s'est jamais vu, que nous ne célébrerons pas la fête du père Laligne.

Dantec sourit.

— J'ai le regret de vous l'annoncer, c'est aussi l'ordre du capitaine; quoique je ne puisse comprendre quel motif le guide, il faut obéir, garçons.

— C'est ce que nous verrons ! s'écria violemment Ménez qui saisit une barre de cabestan et la brisa sur son genou. Je lui parlerai, moi, au capitaine, et nous verrons s'il nous empêchera de prendre une minute d'agrément.

— Mes amis, fit Dantec d'un ton suppliant, du calme....Le capitaine a peut-être tort de vous priver d'un moment d'agrément ; mais peut-être aussi a-t-il ses raisons pour agir ainsi.

— Ses raisons... raisons de contrarier, comme toujours. A-t-on jamais vu un navire comme celui-ci ? Pas moyen de chanter une vieille chanson de guinguette ; si l'on veut boire une bouteille de tafia qu'on a emportée dans son sac, faut se cacher comme des malfaiteurs.... Ah ! si tous ceux qui sont ici avaient du cœur, je sais bien ce qu'ils feraient....

— Parle, Ménez ? firent quelques voix.

— Tais-toi, matelot, murmura Dantec en jouant la stupeur, tais-toi.... Le capitaine est sévère, et s'il t'entendait....

— Quoi donc ?... Je le lui dirai bien en face, moi.

— Parle alors, fit une voix brève qui semblait partir de la dunette.

Les matelots se retournèrent effrayés : Goulven, les bras croisés, la lèvre pincée, l'œil étincelant, se tenait sur la dunette. Derrière lui étaient Yannik et quelques matelots.

— Parle, Ménez, répéta-t-il.

Mais le matelot n'avait garde d'ouvrir la bouche ; tourmentant son bonnet entre ses doigts, il n'osait faire un pas en avant

— Allez, dit alors Goulven.

Le rassemblement se dissipa en un clin d'œil. Chacun se sentait heureux d'échapper au regard sévère du capitaine.

Loïck poussa un rauque éclat de rire.

— Les braves ! fit-il en se tordant.

— Lieutenant, dit Goulven d'un ton glacial, n'oubliez pas de prendre note de la conduite de cet homme.

Et du doigt il désigna Ménez.

— Les lâches ! murmura ce dernier, ils ne m'ont pas secondé.... Mais patience, tout n'est pas fini ; le second est pour nous, ça se voit....

XIV

Calme plat.

— Capitaine, fit Loïck en s'approchant de Goulven, capitaine, j'ai peur....

— Peur... et de quoi, mon brave ?...

— Du calme !

En effet, la pureté du ciel était effrayante. Pas le moindre nuage sur cet azur foncé, partout une voûte immense de satin bleu sans un pli, sans une tache. La mer, calme et unie, n'était pas plus ridée que la surface d'un miroir, et les voiles, que la brise n'avait pas la force de soulever, battaient tristement le long des mâts.

Les matelots demandaient une tempête; Dieu leur envoyait le calme précurseur de l'orage.

Goulven frémit; il se rappela que des navires étaient restés quinze jours entiers emprisonnés dans le calme plus effrayant qu'une bourrasque, et cette fois encore, ce calme semblait devoir durer.

Un soleil de feu plombiait perpendiculairement sur le malheureux brick; le goudron, la résine coulaient le long des mâts; les planches du pont se fendillaient sous cette chaleur accablante ; les douves des barils se disjoignaient, et l'eau, si précieuse en cette occasion, s'épandait sur le parquet.

— La chaloupe à la mer ! s'écria le capitaine; il faut à tout prix sortir d'ici.

Les hommes obéirent avec empressement; la lourde chaloupe, qui reposait sur les panneaux de la cale, fut mise à flot, un câble fut attaché à l'avant du brick à l'arrière de l'embarcation, et huit hommes s'emparèrent courageusement des avirons. Loïck, qui n'était jamais le dernier quand il s'agissait de donner un coup de main, tenait la barre.

Ce faible moyen était impuissant à lutter contre le calme. Goulven comprit qu'il mettrait son équipage sur les dents sans obtenir grand résultat, et dans cette occasion, s'il voulait être obéi, il était urgent de ménager les hommes.

Il fallait attendre.

Le capitaine fit signe à la chaloupe de regagner le brick; les hommes, exténués de fatigue, obéirent avec joie, et, tout ruisselants de sueur, se roulèrent sur le pont en proie à d'intolérables souffrances.

Goulven leur fit distribuer un peu d'eau mêlangée de rhum, et faisant signe à Loïck et à Dantec qu'il avait à leur parler, descendit dans la cabine.

— La situation est grave, commença le capitaine; qui sait combien de temps ce calme durera.

— Dieu seul pourra le dire, fit le vieux maître en hochant la tête.

— C'est pourquoi j'ai voulu avoir votre avis, reprit Goulven. Je vous le répète, le moment est grave, et ce que je redoute le plus, c'est l'inaction forcée qui pèsera sur un équipage déjà prédisposé à la révolte, comme vous avez pu le voir ce matin. Nos provisions calculées pour la durée du voyage commencent à baisser. Deux barils d'eau douce ont été défonc's par la chaleur ; il faudra donc réduire les rations, et je suppose que cela ne se fera pas sans murmure.

— Oui, reprit Loïck, m'est avis que nous sommes dans une passe qui n'est pas des plus agréables.... Mais, bast! poursuivit le vieux maître en ôtant son bonnet de laine, espérons que le grand amiral d'en haut prendra en pitié les pauvres matelots et enverra son bon ange souffler dans leurs voiles.

Goulven serra doucement la main du vieux matelot ; comme lui, il avait confiance en Dieu.

Et vous, lieutenant, que vous en semble ? demanda-t-il.

— Mon avis, capitaine, est d'attendre le vent, puisque nous ne pouvons aller à lui. J'approuve aussi votre idée de réduire les rations ; on ne sait ce qui peut arriver. Quant aux mutins, il faut agir avec fermeté si vous voulez les contenir dans le devoir. Tenez... entendez-vous, le sabbat commence.

En effet, de sourdes clameurs, parmi lesquelles on distinguait ces mots : « De l'eau ! de l'eau ! » arrivaient aux oreilles des officiers.

En un clin d'œil ils furent sur le pont. Là les attendait un tableau effrayant. Des quatre pièces à eau qui étaient sur le pont, deux gisaient complètement vides, et les matelots, l'œil hagard, le gosier desséché par la soif, assiégeaient les deux autres en répétant continuellement : « De l'eau ! de l'eau ! »

D'un bond, Goulven fut entre les barils et l'équipage.

— Silence ! fit-il d'une voix forte ; écoutez-moi.

— A boire !... de l'eau !...

— Silence ! répéta le capitaine avec l'accent d'autorité que lui donnait son grade.

Mais personne ne l'écoutait. Les matelots, un instant subjugués par sa présence et l'autorité de sa parole, s'élançaient comme des furieux contre les malheureuses pièces à eau, menaçant de renverser tout ce qui tenterait de leur faire obstacle.

Goulven comprit alors qu'il fallait user de fermeté. Tirant un pistolet double de sa ceinture, il le posa sur le baril en s'écriant :

— Que personne n'approche, je fais feu sur le premier qui bouge !

Intimidés par l'accent impétueux du capitaine, les matelots se reculèrent un peu. Ménez et Legac restèrent seuls en avant.

— Enfants, reprit Goulven, écoutez-moi. Nul

ne sait combien de temps durera ce calme qui nous enchaîne. Il faut donc agir avec prudence. Cette eau est notre plus chère ressource; ne la gaspillons pas, car nous ne savons quand nous pourrons nous en procurer de nouvelle. A partir de ce jour, les rations seront réduites à un litre et demi par homme. Les distributions seront faites le matin et le soir. Cette mesure est peut-être inutile; en tous cas, souvenons-nous que nous sommes chrétiens et bretons, et mettons notre confiance en Dieu.

— C'est ça, ricana Ménez, courbons docilement la tête, attendons la rosée du ciel, et pendant ce temps le capitaine se *gobergera* dans sa cabine. Voici ce que je propose: Buvons à notre soif; après l'eau, il y aura du vin, et après le vin, du rhum; le brick en porte assez dans ses flancs.

— Misérable! s'écria Goulven.

Et levant son pistolet, il visa le bandit, qui pâlit. Mais le coup ne partit pas. Plus rapide que la pensée, Loïk avait saisi le bras du capitaine.

— Capitaine! fit-il avec un accent de reproche.

— Tu as raison, répliqua Goulven, ce que j'allais faire est indigne d'un honnête homme et d'un chrétien.

Et il jeta le pistolet par-dessus le bord.

L'acte de fermeté du capitaine avait intimidé les mutins ; la clémence, dont il venait de faire preuve en pardonnant au misérable, leur fit oublier leurs souffrances.

— Hourrah pour le capitaine ! s'écrièrent les matelots dévoués à Goulven.

Les autres, sauf peut-être Legac et Ménez, répétèrent ce cri, et le danger fut, sinon conjuré, du moins éloigné.

— Veille à l'exécution de mes ordres, dit Goulven au vieux maître ; tu garderas la clef de la soute aux provisions.

— Soyez tranquille, répliqua Loïck : on ouvrira les écubiers.

Dantec, qui, fidèle à la règle de conduite qu'il s'était tracée, approuvait près des matelots, blâmait près du capitaine, Dantec se frottait les mains en murmurant :

— Ça marche, ça marche....

Loïck le considéra avec inquiétude.

— M'est avis, murmura-t-il, que v'là un particulier qui brasse de la besogne pour Belzébuth son patron.... Faudra aussi tenir l'écubier ouvert de ce côté-là.

La Sainte-Anne restait immobile au milieu des flots comme si une ancre mystérieuse l'avait retenue captive. Un ciel de feu l'enveloppait, et

la révolte grondait sourdement dans ses flancs.
Que Dieu protège les pauvres marins !

XV

Bourrasque.

Il y avait déjà cinq jours que *la Sainte-Anne*
était prisonnière au milieu d'une eau calme et
profonde, sous un ciel tropical ; cinq jours pendant
lesquels il avait fallu au capitaine un courage
surhumain pour dompter les tentatives de révolte
sans cesse renaissantes, et paralyser le mauvais
vouloir d'une partie de l'équipage.

Les hommes souffraient tant !

Privés de tous rafraîchissements, n'ayant que
des salaisons pour toute nourriture, ils n'avaient,
pour combattre la soif inextinguible qui les dévo-
rait, qu'un litre d'une eau fangeuse et saumâtre
et quelques décilitres de vin ou de rhum : une
goutte d'eau dans un désert!... Quelques-uns
ménageaient leur boisson et n'y avaient recours
que dans les cas les plus presants ; d'autres, au
contraire, absorbaient leur ration aussitôt qu'ils

la recevaient, et, pendant tout le jour, en proie aux plus affreuses tortures, erraient comme des bêtes fauves, cherchant à obtenir, par ruse ou par force, un peu d'eau de leurs compagnons. Malgré la douleur qu'en ressentait le capitaine, il fallut sévir sérieusement pour que de pareils faits ne se renouvelassent plus. Quelques matelots tombèrent malades; un autre mourut : c'était un défenseur de moins que comptait Goulven, car Yvon était dévoué à son capitaine, sous qui il avait fait ses premières campagnes. On le cousut dans une toile goudronnée, avec un sac de lest aux pieds; Goulven lut l'office des morts, et le corps glissa dans les flots, où il fut sans doute la proie des requins monstrueux qui, depuis quelque temps, rôdaient autour du navire. On eût dit que ces squales hideux sentaient la mort.

Dans cette position cruelle, Goulven ne perdit pas courage. Il priait fréquemment le Seigneur de mettre un terme aux souffrances de son équipage. Yannik le secondait, et les prières de cet homme courageux et de ce faible enfant plurent sans doute à l'Eternel, car le moment de la délivrance approchait.

Dantec, lui, attendait les événements pour se décider. Cependant, quand la nuit enveloppait le ciel et la mer, il avait de fréquents entretiens avec Ménez et Legac, les deux chefs de la révolte,

Goulven l'ignorait ; Loïck seul s'en doutait.

Enfin, le sixième jour, un matelot aperçut un petit nuage d'un blanc sale qui semblait faire tache à l'horizon radieux.

C'était le signe de la délivrance ; d'un orage peut-être.

Le capitaine, à qui on transmit cette nouvelle, fit aussitôt disposer des toiles pour recevoir l'eau du ciel. Tous les barils vides — et il y en avait, hélas ! — furent aussi amenés sur le pont.

Vers midi, la tempête éclata dans toute son horrible beauté. Le ciel se couvrit de voiles épais, les éclairs se croisèrent jaunes et livides, la pluie tomba avec abondance en gouttelettes larges et serrées, le vent mugit avec fureur, et les lames énormes frangées d'écume se soulevèrent comme des montagnes, menaçant d'engloutir le malheureux brick.

Qui le croirait ? les matelots poussèrent un cri de joie. Mieux valait l'ouragan avec la perspective d'un naufrage prochain que la désespérante monotonie du calme. Si l'on périssait, c'était du moins en luttant, en défendant courageusement sa vie, et non sourdement par la chaleur et la soif dévorante.

Le capitaine fit vivement larguer quelques voiles, et *la Sainte-Anne* se mit à fuir devant le temps. Cette course furieuse, désespérée, avait quelque analogie avec l'ouragan des côtes de Camaret ; mais cette fois le brick n'avait pas à craindre de se briser contre les rochers, l'immensité s'ouvrait devant lui.

— Ah ! disait Loïck la main crispée sur la roue du gouvernail, voilà un grain carabiné, ou je ne m'y connais plus....

La Sainte-Anne, secouée comme un faible jouet par les lames en fureur, n'en avançait pas moins. Tout à coup un craquement sinistre, auquel un cri d'angoisse répondit, se fit entendre. Le grand mât, frappé par la foudre, venait de s'abattre, et un homme fut broyé sous cette masse énorme.

Le brick penchait sur le côté d'une manière affreuse ; les vagues passaient par-dessus les plats bords qui étaient de niveau avec le flot.

Le navire penchait toujours.

Les hommes étaient consternés.

— Courage, enfants ! s'écria Goulven qui se redressa sublime d'audace et de courage. Dieu n'a pas encore marqué la fin des courses de la *Sainte-Anne*.

Et, une hache à la main, il s'avança, prêt à couper les rides et les manœuvres qui retenaient le mât.

Mais un homme se dressa devant lui. C'était Loïck.

— Capitaine, cria-t-il, votre place est sur la dunette, la mienne ici.

— Nous serons deux alors, fit simplement Goulven.

Ils levèrent leurs haches; le bois craqua, les cordages se rompirent, et le mât, que rien ne retenait plus, s'enfonça dans les flots.

Un cri immense jaillit de toutes les poitrines. Le navire se relevait.

Alors seulement le capitaine aperçut le cadavre mutilé qui gisait à ses pieds.

—Que Dieu ait son âme! fit-il en se découvrant : il a fait son devoir.

Une lame, en l'emportant, lava les taches sanglantes qui jaspaient le pont.

Yannik, dans un coin, priait avec ferveur. Que pouvait faire un faible enfant, si ce n'est prier?

—Invoque le Tout-Puissant, Yannik, fit Goulven d'une voix émue; Celui qui a dit : « Laissez venir à moi les petits enfants, » exaucera ta prière.

La Sainte-Anne, dégagée d'une partie de sa mâture, allégée de tous les objets qui se trouvaient sur le pont, fuyait, aux trois quarts désemparée, avec une rapidité effrayante. Parfois elle montait au sommet d'une vague aussi haute qu'un clocher, ou descendait au fond d'un abîme, entre deux montagnes mouvantes qui n'avaient qu'à se joindre pour l'engloutir. Les bordages rasaient le flot, et vienne un coup de vent plus fort que les autres, c'en était fait de la *Sainte-Anne*.

Mais Dieu avait sans doute réservé nos héros à d'autres épreuves; ils ne devaient pas finir ainsi.

Pendant toute la journée et une partie de la nuit suivante, la tempête mugit avec un redoublement de fureur. Il n'était personne à bord du brick qui ne s'attendît à chaque instant à le voir sombrer. Alors les hommes, comprenant leur impuissance, et, dans cette nuit d'orage, ballotés sur un frêle navire ou suspendus à la crête des vagues, tournèrent leurs regards vers le ciel, où une seule étoile brillante apparaissait comme un gage de miséricorde.

Cette nuit si fertile en angoisses, en horreurs, en périls de toutes sortes, cette nuit si affreuse se dissipa enfin. La main du Créateur écarta les nues qui s'enlevèrent par lambeaux, et le soleil parut radieux et brillant.

La mer s'agitait encore avec fureur; les vagues pressées se ruaient les unes contre les autres, et, à chaque choc, des flots d'écume se soulevaient comme des nuages de fumée.

C'était la fin de la tempête.

XVI

Une vieille connaissance.

L'ouragan, quoique diminuant de violence, mugit encore trois jours avant de s'apaiser entièrement.

Par un bonheur inouï, *la Sainte-Anne* n'avait presque pas souffert dans sa coque. Quelques pièces du doublage s'étaient, il est vrai, détachées, d'anciennes voies d'eau s'étaient rouvertes, mais elles furent promptement aveuglées.

Des avaries plus graves existaient dans le gréement; le grand mât n'était plus qu'un tronçon, et le mât de misaine ne se soutenait plus que par un prodige d'équilibre et les manœuvres qui les retenaient.

Il était donc urgent de relâcher dans le premier port pour réparer ces avaries. Mais où était le brick, sous quel ciel, sous quelle latitude la tempête l'avait-elle poussé? Personne ne le savait.

Les matelots semblaient avoir oublié les paroles qu'ils avaient proférées pendant le calme. Le danger resserre les affections, et les mutins d'hier travaillaient maintenant autant qu'il était en leur pouvoir, sans une plainte, sans un geste d'impatience.

Dantec souriait, et ce sourire avait quelque chose de sinistre.

Par un beau soir, quelques jours après les événements rapportés plus haut, *la Sainte-Anne* naviguait sur des flots calmes et unis. Les algues marines flottaient dans le sillage du navire, et quelques oiseaux voletaient autour des cordages.

— Terre! cria un matelot.

A ce mot magique après tant de souffrances, l'équipage entier fut sur le pont.

Où?... demanda Goulven.

— A tribord, sous le vent, à nous!

— Cours droit dessus.

— Bientôt, en effet, une côte se dessina à la vue triste et accidentée d'énormes rochers, que l'ombre et la mousse marine marquaient de larges taches sombres. Aucune trace de végétation n'apparaissait sur ce roc stérile et brûlé du soleil. On eût dit le cratère d'un volcan subitement émergé des flots.

Etait-ce une île?... était-ce un continent?... une terre déserte ou habitée?

Voilà ce qu'on ne pouvait dire.

Le capitaine fit jeter l'ancre à deux portées de fusil du rivage, en face d'une petite crique que l'on apercevait sous des blocs dentelés. La nuit venait rapidement, et, dans l'obscurité, il n'était pas prudent de trop s'approcher de cette terre inconnue.

Goulven, cependant, fit tout préparer pour une excursion prochaine; les armes et la poudre furent visitées, et l'on remit au lendemain l'exploration de la côte.

Il était nuit, une de ces belles nuits des tropiques, pleines de ténèbres, de parfums et de doux murmures. Le capitaine était depuis longtemps retiré dans sa cabine; mais le pont, d'ordinaire désert et silencieux à pareille heure, retentissait de bruits mystérieux.

Des ombres allaient et venaient avec mille précautions.

— Ménez! fit une voix.

— Présent, mon lieutenant.

— Les hommes sont-ils prêts?

— Tous, à l'exception de quelques capons. Mais, rassurez-vous, nous avons cloué les panneaux du poste, et une fois en mer, il faudra bien qu'ils rallient.

— Ainsi, vous êtes tous résolus? fit l'homme qui n'était autre que Dantec.

— A vous reconnaître pour capitaine, oui, dit Legac.

— Obéissez alors.... Et le vieux marsouin?

— Pas plus d'Loïck que sur la main.... Faut croire que le vieux maître se sera affolé dans quelque trou où il ronfle comme un sourd.

— C'est bien, dit encore Dantec ; allons au plus pressé maintenant.

— Au capitaine ! dirent les hommes en brandissant leurs armes.

Ils se glissèrent comme des ombres dans l'étroit escalier conduisant à la cabine du capitaine. Goulven, étendu tout habillé sur sa couchette, sommeillait profondément. Sa tête, renversée en arrière, portait les traces profondes des chagrins qui l'avaient assailli depuis quelques jours. En voyant cette noble physionomie empreinte de douceur et de bonté, les matelots se reculèrent.

— Allons, ricana Dantec, du courage, ou c'en est fait de vous. Le capitaine n'a pas oublié votre conduite pendant le calme ; il en tirera vengeance, je le sais.

Goulven soupira. Les matelots, croyant qu'il allait se réveiller, se précipitèrent sur lui, et, avant qu'il eût le temps de pousser un cri, de faire un mouvement, le garrottèrent et le bâillonnèrent solidement.

— A l'autre, maintenant.

L'autre était Yannik. Surpris au milieu de son sommeil, le malheureux enfant fut saisi et

garrotté, sans avoir la force de se débattre.

Dantec alors leva son poignard sur le capitaine. Mais Legac arrêta le bras prêt à frapper.

— Non, murmura-t-il ; un meurtre laisse toujours des traces.

— Que faire alors ?

— Cette terre qui se dresse devant nous, n'est-elle pas une tombe... une tombe qui gardera notre secret ?...

— Tu as raison.

Les matelots se saisirent des deux corps inertes et les transportèrent sur le pont.

Un canot attendait le long du brick.

Dantec fit un signe. Legac détacha la serviette nouée sur la bouche du capitaine. Goulven se redressa comme un lion furieux cherchant à briser ses liens.

— Que veut dire ceci ? s'écria-t-il d'une voix forte ; que signifie cette comédie ?...

— Ah ! ah ! ricana Dantec, le drame ou la comédie aura plusieurs tableaux. Las de votre domination tyrannique, vos hommes ont résolu de s'y soustraire. Rassurez-vous, votre sang ne sera pas versé ; mais cette terre, île ou continent, qui se dresse devant nous, sera désormais votre demeure ; vous pourrez y vivre en nouveau *Robinson* avec votre fidèle Melgan comme *Vendredi*.

— Ai-je bien entendu? fit Goulven d'une voix calme ; vous voulez nous abandonner, moi et ce faible enfant, sur ce rocher stérile et désert, peut-être habité par des tribus sauvages?...

Dantec s'inclina.

— Prenez garde, Monsieur, votre action est infâme!... Et que direz-vous lorsqu'on vous demandera ce qu'est devenu votre capitaine?... lorsque la voix de Dieu, bien plus redoutable que celle des hommes, vous criera comme à Caïn : « Qu'as-tu fait de ton frère?... »

— Le capitaine Goulven n'existe plus : une lame l'a emporté pendant la dernière tempête.... Comprenez-vous?... C'est moi qui ai rédigé le procès-verbal de ce sinistre, signé par quelques-uns de ces braves garçons, qui, partageant le crime — si vous le voulez, — se garderont bien de le dénoncer.... Ah! la mer est un vaste tombeau qui sait garder les secrets qu'on lui confie....

— C'est horrible!... Mais vous n'avez donc pas d'âme, misérable!... Et vous, matelots, vous que j'ai secourus dans le danger, aidés de ma bourse dans vos besoins.... Quoi! vous êtes Bretons, et aucune main n'a délié ces liens, aucune voix ne s'est élevée pour me défendre....

Quelques matelots se rapprochèrent d'un mouvement spontané. Dantec les écarta.

— Arrière! s'écria-t-il; et vous, capitaine, plus un mot, ou je serai obligé de recourir aux grands moyens....

— Soit, Monsieur, murmura Goulven. Dieu me voit et nous juge!... Mais cet enfant, aurez-vous le lâche courage de l'abandonner ainsi?... Songez qu'il a une mère, une sœur qui comptent les heures qu'il passe loin d'elles, et qui, en apprenant votre action, vous maudiront peut-être.... Je suis en votre pouvoir : tuez-moi, torturez-moi; mais pour cet enfant, pitié....

— Pitié!... tu ne sais donc pas qui je suis pour me parler ainsi?

— Fusses-tu le dernier des forbans, tu m'écouteras....

— Un forban, tu l'as dit : je suis *Loup-de-mer*, le pirate.

En entendant ce nom détesté entre tous, ce nom qui signifiait meurtre et carnage, larmes et désolation, ce nom honni de tous ceux qui portaient un cœur honnête, les matelots se reculèrent. Ils avaient pu obéir à un Dantec, se laisser fasciner par lui au point d'oublier les bienfaits de leur capitaine, mais s'allier à un tel homme!...

Legac et Ménez se reculèrent les premiers.

— Eh quoi! fit le pirate en promenant sur les matelots son regard assuré, mon nom vous fait peur, mes poulets?... Il n'y a donc personne ici qui me connaisse?...

— Tu te trompes, forban, quelqu'un ici te connaît, et ce quelqu'un c'est moi!...

Et le vieux maître, un coutelas à la main, se plaça devant le pirate.

— Ah! reprit-il, je disais bien que j'avais vu cette tête-là quelque part....

XVII

Loup-de-mer.

En deux coups de couteau, Loïck eut bien vite tranché les liens qui retenaient Goulven; puis, armant un pistolet, il se tourna vers Dantec.

— Forban, fit-il d'un ton ferme, n'essaie pas de fuir, ne fais pas un geste, ou, j'en jure le Ciel — et je n'ai jamais faussé mes serments, — je te tuerai comme un chien.... Toi, Cam, ouvre les écoutilles que vous avez clouées; que tout l'équipage se rassemble ici.

Cet ordre fut exécuté; les prisonniers vinrent silencieusement se ranger derrière le capitaine.

Les mutins, revenus de leur premier mouvement, jetèrent leurs armes et se joignirent à eux.

Dantec resta seul; non pourtant : deux hommes, Legac et Ménez, se placèrent à ses côtés, mais non comme complices, comme gardiens cette fois.

— Bien, dit le vieux maître, tout le monde rentre dans le devoir, cela rendra le pardon plus facile.... Maintenant, Loup-de-mer, tu te demandes comment je te connais? Ecoute, et tu sauras. Il y a une quinzaine d'années, un lougre du commerce, monté par douze hommes d'équipage, fut attaqué par un pirate. Résister eût été folie, le pirate portait dix canons et cinquante bandits. Les Bretons résistèrent pourtant; mais Dieu ne voulut pas leur donner la victoire. A la première bordée, le lougre fut tout désemparé, et huit hommes tombèrent pour ne plus se relever. Les quatre survivants, dont trois étaient blessés, furent amenés sur le navire du pirate, qui les épargna, mais les garda prisonniers. Sur ces entrefaites, une violente bourrasque s'éleva; les pirates, ivres de sang et de rhum, ne pouvaient manœuvrer. Alors le capitaine offrit la vie et la liberté à celui des captifs qui voudrait prendre le timon du navire. Un homme se leva. En cela, il n'avait qu'un but, venger son capitaine tué le premier; et quand, la tempête apaisée, tu le fis mettre à terre, cet homme te

quitta en jurant qu'il te punirait de tes crimes....
Tu dois te souvenir de cela. Loup-de-mer, le moment est venu de tenir ma promesse; je vengerai mon capitaine et toutes les victimes que tu as faites. Ah! Dieu est juste, car il a permis qu'après quinze ans nous nous retrouvions face à face....

Et levant son coutelas, le vieux maître se précipita sur le pirate; mais un bras plus prompt que le sien arrêta la lame homicide.

— Vous avez raison, capitaine, murmura le vieux matelot; j'allais faire l'œuvre du bourreau.

— Non pas l'œuvre du bourreau, s'écria Goulven. Cette fois, ce sera Dieu qui jugera.

— Que voulez-vous dire?

— Les crimes de cet homme sont grands, mais la miséricorde divine est plus grande encore! Nous ne pouvons être à la fois juge et bourreau.... Cet homme, tout à l'heure, a prononcé son arrêt.

Livide de rage et de fureur impuissante, Loup-de-mer voulut s'élancer sur le généreux Goulven; deux mains de fer, celles de ses anciens complices, se posèrent sur ses épaules et paralysèrent ses efforts désespérés.

— Cet homme, reprit Goulven, sera déposé sur cette terre déserte. La peine sera celle du talion; car pardonner, en pareil cas, serait livrer le coupable à la justice des hommes.

— Oh ! s'écria le pirate, seul sur ce rocher, seul sans un ami, sans un compagnon !... Malédiction ! ce supplice est plus cruel que la mort même !...

— Emmenez cet homme, dit froidement Goulven.

Legac et Ménez s'avancèrent près du capitaine.

— Capitaine, fit Legac, nous sommes deux lâches, deux scélérats qui se sont laissé entortiller par ce bandit. Mais s'il est vrai que vous puissez jamais nous pardonner, confiez-nous pour cette nuit la garde du prisonnier ; nous vous jurons qu'il sera bien gardé....

Goulven les considéra avec attention. Peut-être même se défiait-il de cette conversion subite.

— Allez donc, dit-il enfin.

Le lendemain, Goulven et deux matelots visitèrent la terre qu'ils avaient découverte. Les rochers arides de la côte, qui l'entouraient comme une ceinture de fortifications naturelles, cachaient une oasis délicieuse. Aucune trace d'habitation, rien qui prouvât que ce coin du monde fût habité ; mais partout la splendide et vigoureuse végétation des tropiques. Des ruisseaux murmurants cachés sous des herbes où un homme se serait perdu, des arbres et des plantes inconnues à nos Européens, des oiseaux au chant mélodieux, au plumage rivalisant d'éclat avec le feu des plus belles pierres, voilà ce qu'ils y virent.

Les traces nombreuses d'animaux empreintes sur l'herbe des plaines ou le sable des ruisseaux prouvaient que rien ne manquait sur cette terre. Un homme pouvait y vivre, riche de tous les trésors de la nature.

Rassuré de ce côté, le capitaine fit déposer, à l'abri d'un rocher, les armes, les munitions, les outils et les provisions qu'il avait apportés, ainsi que tout ce qui appartenait au pirate, et se retira à bord de la *Sainte-Anne*.

Le canot, monté par le vieux maître, Legac, Ménez et deux autres matelots armés, reprit le chemin du rivage. Cette fois Loup-de-mer était du voyage.

— Allez, Monsieur, murmura Goulven, les desseins de Dieu sont insondables. Seul sur cette île avec la mer à vos pieds, le ciel immense sur votre tête, le repentir pénétrera peut-être en vous.

Le canot toucha le sable. Loup-de-mer sauta à terre, et, montant sur un rocher, se croisa les bras sur la poitrine, regardant la barque s'éloigner.

— Adieu, capitaine, cria-t-il d'une voix ironique ; avant de nous séparer pour toujours, je veux vous montrer que je suis pénétré de vos paroles, et laisser un souvenir au traître qui m'a si bien dénoncé.

Et sortant un pistolet caché dans sa ceinture,

il visa Loïck et fit feu. Atteint seulement à l'épaule, le vieux matelot ne put maîtriser son premier mouvement. Saisissant un fusil déposé au fond de la barque, il épaula d'une seule main et pressa la détente.

On vit le pirate chanceler et tomber à la renverse.

— Allons ! s'écria Loïck, c'est Dieu qui l'a voulu.... Le misérable ne devait mourir que de ma main !...

XVIII

Le blessé.

Le canot vira aussitôt de bord et vogua vers la terre. Goulven, qui du haut du brick avait été spectateur de ce drame qui pouvait s'appeler *justice de Dieu*, Goulven fit armer le *you-you* (1), et s'y jeta avec deux hommes et la petite pharmacie du bord.

Arrivé sur le rocher, ils virent le vieux maître et ses compagnons les bras croisés sur la poitrine regardant un cadavre.

(1) You-you, petit canot long et droit pouvant contenir quatre ou cinq personnes.

— Que faites-vous ? s'écria Goulven.

— Il n'y a rien à faire, capitaine, murmura Loïck en hochant la tête, c'est fini...

Sans répondre, Goulven se pencha sur le corps étendu, et, posant la main sur la poitrine du pirate, sentit son cœur battre faiblement. Ecartant alors la chemise et le caban, il visita soigneusement la blessure. Tous les capitaines marchands sont un peu médecins. Goulven jugea la plaie mortelle.

— Le malheureux n'en reviendra pas, fit-il avec douleur.

Loïck se rapprocha.

— Loup-de-mer n'était pas grand'chose de bon, fit-il tristement ; j'ai agi en légitime défense.... Eh bien, j'ai quelque chose sur le cœur, et je donnerais volontiers tout ce que je possède pour n'avoir pas fait le coup.

Goulven s'était relevé.

— Oublions les torts de cet homme, murmura-t-il, oublions sa conduite passée, et songeons que nous n'avons devant nous qu'un frère qui va mourir.

Il ne fallait pas songer à transporter le blessé à bord de la *Sainte-Anne*, le moindre cahot ne pouvait que lui être mortel. Les matelots, armés de haches, s'éparpillèrent dans toutes les directions, et bientôt une petite hutte de feuillage s'éleva au pied du rocher. Un hamac, des matelas et des couvertures avaient été apportés du brick, et Dantec, toujours évanoui, fut installé dans la petite cabane.

Goulven s'occupa alors de bander la blessure ; puis tout le monde se retira.

Quand le blessé reprit ses sens, il était seul dans sa cahute, seul avec un jeune enfant qui priait au pied du hamac.

— Oh ! murmura-t-il, je brûle... j'ai l'enfer dans la poitrine....

Yannik se releva, et prenant un breuvage préparé par Goulven, le tendit au blessé.

— Buvez, dit-il doucement.

Mais au lieu d'obéir, Dantec se dressa sur son séant et regarda l'enfant avec des yeux effarés.

— Toi ici... fit-il, toi qu'ils ont envoyé pour insulter à ma dernière heure... pour te repaître de mon agonie !...

— Personne ne m'a envoyé ; j'ai appris que vous souffriez, et je suis venu.

— Oui, je souffre, fit le blessé avec un sourire étrange, je souffre ; mais ce ne sera pas pour longtemps.... La mort vient... je la sens qui m'étreint, et bientôt Dantec saura s'il y a un enfer....

— Oh ! ne parlez pas ainsi, s'écria l'enfant

en joignant les mains. S'il y a un enfer!... En douteriez-vous?...

— Tout à l'heure encore j'en doutais... et maintenant j'y crois presque....

Il renversa la tête en arrière. Une écume sanglante vint mouiller ses lèvres.

— Yannik, reprit-il au bout d'un moment, tu as toujours été bon pour moi, et malgré mes torts, tu m'as pardonné.... Nous sommes bien seuls, personne ne peut nous entendre.... Crois-tu qu'il existe un Dieu?...

— Oh! capitaine!... douter de Dieu, c'est blasphémer.

— C'est bien, retire-toi.

Puis, voyant que l'enfant, les larmes aux yeux, s'éloignait lentement, comme à regret, il reprit d'une voix plus douce :

— Va... obéis-moi ; plus tard tu reviendras....

Ce plus tard renfermait toute une promesse.

Goulven, en ce moment, pénétra dans la cahute. Yannik jeta un dernier regard sur le blessé et sortit.

Quand le pirate vit Goulven s'avancer près de son lit, il fut pris d'un accès de rage folle.

— Oh! fit-il en grinçant des dents, on ne me laissera donc pas mourir en paix?...

— Silence, malheureux, s'écria Goulven; ne

savez-vous donc pas que chaque parole que vous prononcez abrège votre existence ?...

— Qu'importe? mourir plutôt, mourir plus tard... ne suis-je pas condamné?... Misère... je brûle.... Ah! pourquoi cette balle maudite ne m'a-t-elle pas tué du coup?...

— C'est que le Seigneur, dans sa miséricorde, a voulu vous laisser le temps du repentir.

— Dieu!... me pardonnera-t-il jamais?... Et vous-même....

— Frère, dit Goulven en serrant doucement la main du moribond, frère, j'ai tout oublié.

— Oh! mais c'est que vous ne savez pas tout. Hier encore, dans votre cabine, si on n'avait retenu ma main....

— Silence! interrompit encore Goulven, je ne veux rien savoir.

Dantec, épuisé, se laissa retomber au fond du hamac. Goulven se pencha sur lui. La respiration s'échappait en sifflant de ses lèvres serrées; sa poitrine se soulevait en mouvements brusques et saccadés; par moment, il poussait des gémissements rauques.

— Oh! Seigneur! murmura Goulven, prenez pitié de lui, éclairez son esprit; ne permettez pas qu'il meure sans revenir à vous.

— Vous priez, capitaine? fit le moribond

d'une voix affaiblie, vous priez pour moi?

— Silence, mon ami; si vous continuez ainsi, cette agitation vous sera funeste. Tâchez de prendre un peu de repos; je vais vous envoyer un bon ange pour veiller à votre chevet.

— Yannik! murmura Dantec. Oh! merci!

Goulven serra une dernière fois la main de son ennemi et sortit de la tente. Yannik, assis sur une pierre, la tête entre les mains, priait silencieusement. L'enfant savait que le pirate devait mourir, et cette pensée éveillait en lui bien des souvenirs douloureux. En fermant les yeux, il revoyait Camaret, sa chaumière et, sur un lit tendu de noir, le corps rigide de son père.

Le capitaine toucha doucement l'épaule de l'enfant.

— Va, Yannik, dit-il en désignant l'ouverture de la cahute, va et prie bien le bon Dieu pour lui.

XIX

À terre.

Profondément affecté de la scène tragique qui s'était passée la veille, Goulven, de retour à bord, annonça à ses hommes que, tant que durerait la maladie du pirate, un campement provisoire serait établi à terre.

— Nous ne pouvons laisser ce malheureux périr sans assistance, dit-il; notre devoir est de rester près de lui jusqu'à son dernier moment.

Une relâche était d'ailleurs nécessaire pour remettre l'équipage des souffrances cruelles qu'il avait endurées. Plusieurs hommes étaient malades, et le capitaine pensait, non sans raison, qu'un séjour plus ou moins prolongé à terre ne pouvait être que favorable à leur rétablissement. Des tentes de toile à voiles, des huttes de feuillage furent donc dressées au milieu d'une vaste clairière ombragée de grands arbres, parmi lesquels Goulven crut reconnaître le palmier et le cocotier; l'équipage du brick campa en pleine forêt comme une tribu de sauvages.

La disette n'était pas à craindre : les forêts voisines offraient de nombreuses traces de gibier; les ruisseaux regorgeaient de poissons de toute espèce, et les branches se courbaient complaisamment chargées de fruits savoureux et délicats.

Chacun pouvait donc s'occuper suivant ses goûts et ses aptitudes. Les uns, une longue gaule à la main, s'établissaient sous un arbre touffu, au bord d'un petit cours d'eau, attendant patiemment que le poisson vint mordre à l'appât ; d'autres, armés de fusils, battaient les bois comme de véritables trappeurs, et, quand la nuit descendait, tous regagnaient le bivouac où les hommes de garde avaient eu soin de préparer le repas. Les pipes s'allumaient alors, et les causeries reprenaient de plus belle.

Il est de la nature des marins de ne s'étonner de rien.

C'était un spectacle singulier que, le soir, la vue de ce campement nomade au milieu de la forêt. Des feux, allumés autant pour combattre la fraîcheur de la nuit que pour écarter les hôtes dangereux qui seraient tentés de visiter le bivouac, éclairaient la clairière, les tentes, les cabanes, en se réfléchissant sur les racines gigantesques, les troncs creusés par le temps, et faisaient ressortir les feuilles larges et développées qui eussent abrité deux hommes sous leur ombre. Parfois un singe ou un écureuil, perché au faîte d'un palmier, regardait d'un œil inquiet cette violation de son territoire. On entendait au fond des bois les notes éclatantes de l'oiseau chanteur ou le murmure du vent agitant les hautes herbes.

Depuis huit jours déjà, la petite troupe campait à terre, et chaque jour l'état du blessé s'aggravait davantage. Il était facile de prédire sa fin prochaine,

Goulven, avec cette inépuisable charité qui formait le fond de son caractère, travaillait de toutes ses forces à ramener le blessé à des idées de repentir ; Yannik l'aidait de son mieux dans cette tâche délicate.

Depuis le jour fatal, l'enfant n'avait pas quitté la hutte de feuillage. Dantec était tellement habitué à le voir à son chevet qu'il ne recevait que de sa main la nourriture et les médicaments, et, quand l'enfant s'éloignait un moment, il demeurait sombre et inquiet, ne voulant recevoir de personne les mille petits soins qu'Yannik avait l'habitude de lui rendre.

Or, un matin, le capitaine et l'enfant étaient assis dans un coin de la hutte, causant à voix basse. Dantec sommeillait. Il était midi ; on n'entendait que le grondement des flots se brisant sur les rochers hérissant la côte ; un rayon de soleil filtrait mystérieusement à travers le feuillage découpé de la hutte, se jouant sur le sable brillant en capricieuses arabesques.

Tout à coup, Dantec poussa un sourd gémissement et s'agita sur sa couche. Le capitaine et Yannik se précipitèrent près de lui.

— Oh ! murmura le moribond, j'ai fait un rêve affreux. J'étais dans une immense caverne ; les flammes dansaient et se tordaient autour de moi.... Des ombres sanglantes tournaient autour du brasier, et je reconnus mes victimes.... J'implorais, je priais... les misérables se riaient de mes souffrances. Alors, un vieillard, à l'aspect doux et affectueux, s'avança vers moi et me tendit la main; puis tout disparut, et je me réveillai.

— Il délire?... fit Yannik à voix basse.

— Non, mon enfant, répondit Goulven en hochant tristement la tête; c'est le remords qui le torture.

— Oh! le rêve horrible! répéta encore Dantec; il me semble encore sentir sur mon corps les morsures brûlantes des flammes.

Le blessé, en effet, paraissait en proie à une surexcitation violente. Son visage était rouge et animé, ses yeux brillaient d'un éclat extraordinaire, et Goulven sentait, dans la sienne, la main brûlante du pirate.

— C'est peut-être un avertissement du Ciel, fit-il doucement. Croyez-moi, Dantec, il est temps de vous repentir et de racheter par une mort chrétienne les fautes de votre vie.

— Mourir!... je vais donc mourir! répéta le malheureux. Mourir! quand les vallées sont si vertes, quand le soleil brille aux cieux, quand près de moi tout respire la force et la jeunesse....

Emu de pitié, Goulven serra doucement la

main du moribond. Yannik, lui, ne se donnait pas la peine de cacher ses pleurs.

— Dites-moi, reprit Dantec d'une voix plus calme, dites-moi si ma fin est proche?...

— Si Dieu prolonge votre vie de quelques jours, remerciez-le.

— Mourir!... fit encore le pirate.

Puis, levant sur le capitaine un œil brillant de fièvre, comme pour mieux lire dans son âme :

— Capitaine, et toi, enfant, écoutez-moi bien. J'ai lu autrefois que, au moment d'un abordage, sur leur navire balloté par les vagues, les matelots se confessaient mutuellement leurs fautes. Mon tour est venu, la grande bataille va se livrer; les restes d'une vie défaillante vont lutter contre la mort! L'issue n'est pas douteuse. Voulez-vous entendre ma confession?... peut-être alors, quand vous saurez tout, peut-être mourrai-je plus tranquille.

— Parler vous affaiblirait trop, objecta Goulven.

— Bah! fit le blessé. Une heure... un jour... qu'est-ce cela auprès de l'éternité !...

Goulven tira alors de son sein un petit flacon de cristal contenant une liqueur ambrée, en versa quelques gouttes dans un gobelet d'étain et le tendit au blessé.

— Prenez, dit-il ; ce cordial vous donnera des forces.

Dantec avala d'un trait le breuvage salutaire et, courbant son front sur la poitrine, parut se recueillir.

— Je vous écoute, dit alors Goulven qui s'assit au chevet du hamac, tenant toujours dans sa main la main du moribond.

XX

La confession du pirate.

— Je suis né à Saint-Malo, commença le pirate, et Dantec est mon véritable nom. Je n'ai jamais eu le bonheur de connaître ma mère ; elle mourut peu de temps après ma naissance.

» Mon père était un riche armateur que les guerres avec l'Angleterre enrichissaient chaque jour. C'était un homme juste et craignant Dieu, mais fier et têtu comme un vrai Breton. Il ne devait sa fortune qu'à son travail et à sa persévérance ; ce qui le rendait vain et dédaigneux envers ceux qui, comme il le disait, n'avaient su se créer une position.

» La mort de ma mère l'affligea beaucoup ; quoique bien jeune, j'étais le seul qui pût amener le sourire sur ses lèvres. Nature ardente et expansive, il reporta sur moi toute sa tendresse et m'aima bientôt pour deux.

» Quand j'atteignis l'âge de sept ans, il songea à s'occuper de mon éducation. Malheureusement l'amour paternel l'aveugla ; possesseur d'une immense fortune qui allait toujours en s'augmentant, il m'habitua de bonne heure au luxe et à la dépense. Les maîtres les plus en renom furent chargés de me dresser aux belles manières d'alors. J'appris un peu de latin, auquel je ne mordais guère ; mais en revanche, les armes, la danse et l'équitation me passionnèrent à un tel point que je dépassai bientôt mes maîtres en ces arts.

» A quinze ans, mon éducation était achevée en ce point que je savais saluer avec grâce, danser un menuet et racler un peu du violon. Je montais les chevaux les plus rétifs, et à la salle d'armes je ne me connaissais pas de rival.

» Mon pauvre père parlait sérieusement de m'acheter un titre, afin que, gentilhomme par l'éducation et la fortune, je le fusse aussi par le rang, sinon par la naissance.

» En attendant, je me liais avec quelques jeunes gens d'une naissance équivoque, débauchés et rodomonts qui, trouvant en moi une dupe facile à exploiter, m'encourageaient sans cesse dans mes goûts d'orgueil et de dépenses.

» Mon pauvre père était sincèrement chrétien et attaché aux principes de la religion ; jamais un pauvre, quel qu'il fût, ne s'était vainement adressé à lui. Mais en ce temps, l'impiété était déjà de mode parmi les jeunes gens ; déjà moi-même je ne faisais plus de cas des remontrances paternelles. C'est alors qu'éclata la révolution. Je venais d'entrer dans ma dix-septième année.

» Nous fréquentions peu de monde : on se défiait déjà les uns des autres. Seul, un vieux marin, ennemi né des Anglais, le capitaine Déhéric, venait, quand son brick jetait l'ancre à Saint-Malo ou à Saint-Servan, passer quelques jours près de nous.

» Je revoyais aussi mes anciens amis, mais en cachette ; mon père m'avait sévèrement interdit ces relations.

— Nous apprîmes, comme des rumeurs lointaines, les débats de l'Assemblée nationale, de la Convention ; puis l'arrestation, la mise en jugement et la nouvelle de la mort de Louis XVI.

» Mon père ne voulut pas y croire.

— C'est impossible! dit-il; les Français n'auront pas poussé l'égarement jusque-là.

» Et comme on lui affirmait la vérité de cette nouvelle :

— C'est un grand crime, fit-il, un crime que la France expiera bien cruellement.

» Paroles imprudentes !

» Sans se confier à personne qu'à moi, mon père réalisa presque toute sa fortune et attendit avec impatience la venue du capitaine Déhéric. Son intention était de prendre passage sur le brick de son ami et de fuir le sol ingrat de la patrie.

» Mais, hélas ! il n'en eut pas le temps.

» Un misérable, que j'appelais mon ami, parvint à m'arracher le secret de notre fuite. Poussé par la jalousie et la cupidité, il dénonça mon père comme un agent secret des émigrés. C'était assez pour le perdre ; sa tête tomba, et sa fortune immense fut confisquée et partagée peut-être entre ses bourreaux et son délateur.

» Ma jeunesse trouva grâce. Je demandai la mort ; ils me laissèrent vivre, disant qu'il serait plaisant de voir le fils du riche Dantec gagner son pain à la sueur de son front.

» Pendant quelques jours, j'errai comme un fou à travers les rues de la ville, cherchant partout le misérable qui m'avait trahi. J'étais comme un hébété, ma raison s'égarait, et j'étais décidé à mettre fin à mes jours par un crime, lorsque je rencontrai le capitaine Déhéric.

» Le brave homme m'écouta, me calma, et m'amena à son bord, où les distractions et les périls de ma nouvelle existence firent diversion à mes chagrins.

» Quoique parfait honnête homme sous le rapport de l'honneur et de la probité, le capitaine Déhéric était un chrétien déplorable, et ses matelots étaient encore pis : c'étaient des gens de sac et de corde, dont le plus honnête avait mérité les galères. Mon père ignorait ces détails ; mais moi, grâce à l'éducation que j'avais reçue, je n'étais que trop disposé à suivre leurs exemples et à profiter de leurs conseils.

» Pendant longtemps nous tînmes la mer, courant sus à l'Anglais et faisant de belles prises que nous amenions triomphalement dans les ports français. Enfin, un beau jour, dans un combat acharné contre une frégate anglaise, un boulet brisa les deux jambes du capitaine. La frégate fut abordée et prise ; mais le combat terminé, notre vieux Déhéric était à l'agonie.

» Près de paraître devant le souverain Juge, sa vieille foi bretonne se réveilla. Il fit un retour sur sa vie passée et me conjura en pleurant de re-

noncer à cette existence d'aventures et de revenir
sincèrement à Dieu.

» Je promis.

» Alors le vieux marin me confia le secret de
plusieurs points des côtes américaines où il avait
des sommes importantes cachées.

» Cet argent devait servir — si la tranquillité
se rétablissait en France — à élever une chapelle
expiatoire et à fonder des messes pour le repos
de l'âme du capitaine.

» Tranquillisé par ma promesse, il murmura
une dernière prière et s'endormit pour l'éternité.

» Après avoir fermé les yeux du défunt, je
montai sur le pont, profondément touché de ce
que je venais de voir et d'entendre. Peut-être
aurais-je tenu ma promesse; mais le démon, qui
veillait, s'y opposa.

» Les matelots, qui flairaient en moi l'étoffe
d'un pirate, m'acclamèrent pour capitaine, et le
corps du vieux Déhéric n'était pas encore refroidi
que j'étais déjà parjure à mon serment.

» Dieu m'en a cruellement puni !

XXI

La confession du pirate (suite).

Dantec, qui paraissait épuisé, reprenait de la vie en faisant ces aveux. Il semblait qu'en soulageant sa conscience depuis longtemps bourrelée, il sentait naître en lui une tranquillité et un calme qui l'engagèrent à continuer le récit de sa vie coupable.

Enfin il reprit :

— Les corsaires ne me connaissaient que sous le nom de *Loup-de-mer*, que m'avait valu ma froide cruauté. Par un reste de pudeur dont je ne me rendais pas compte moi-même, j'avais jusque-là tenu secret le nom de mon père et le mien.

» Déhéric seul le connaissait.

» Sous mon nom de guerre, je devins bientôt redoutable à tous. De corsaire que j'étais autrefois, je me fis pirate, me plongeant jusqu'à la lie dans une vie de crimes.

» Cette existence n'était pourtant pas sans remords. Souvent, dans mes nuits d'insomnies, je revoyais mon père qui me conjurait de revenir au bien ou me maudissait et m'accusait de sa mort. C'était ma conscience qui protestait ainsi. Pour faire taire cette voix redoutable, je redoublai de violence.

» Cette vie dura longtemps. Un jour, nous capturâmes un pauvre lougre du commerce. La moitié de l'équipage fut tué, l'autre amenée à bord de mon brick. J'aurais pu faire mourir les survivants ; mais j'étais dans un jour de clémence, et je pardonnai.

» Loïck vous a raconté comment il sauva mon navire ; je n'ai plus grand'chose à vous dire.

» Pendant des années, je parcourus, en vainqueur, l'océan Indien, théâtre de mes exploits. Français ou Anglais, je ne connaissais plus les couleurs. Caché sous des voiles sombres, mes canons masqués par une bande de toile goudronnée, je rôdais, guettant l'instant de fondre sur ma proie.

» Cette vie ne pouvait plus durer ; mes forfaits avaient lassé la bonté divine.

» Chargés de richesses incalculables, ayant dans les flancs du brick une somme considérable eu or, nous avions mis le cap sur l'Europe, espérant que nos déprédations n'y étaient pas encore connues. Nous avions hâte de jouir de ces richesses, fruits

de deux longues années d'attentats et de pillage.
Dieu en avait autrement décidé.

» Un matin, la vigie signala une voile à l'horizon : c'était une corvette de guerre portant trente canons et deux cents hommes d'équipage et naviguant sous le pavillon britannique.

— Courage, enfants, dis-je à mes matelots, capturons le *Goddam* qui ose nous barrer la route, et *crochons*-le à notre remorque; il nous servira de passe-port pour entrer en France.

» Mes corsaires répondirent par un long cri de joie, et nous nous préparâmes au combat. Il s'engagea bientôt. On luttait des deux côtés avec une rage égale; mais cette fois, la fortune nous fut contraire. Les plus vaillants tombaient à mes côtés comme le blé sous la faux du moissonneur. Le plancher était rouge et glissant, et nous avions du sang jusqu'à la cheville. Nous bravions la mort avec l'énergie du désespoir, car nous savions que, pris, la corde nous attendait; mieux valait périr en combattant que de la main du bourreau.

» Quinze hommes à peine, presque tous blessés, restaient à mes côtés, le navire s'enfonçait sous nos pieds, et l'Anglais allait tenter l'abordage.

» Tout à coup, mon second, le visage et les mains noirs de poudre, le front sanglant, sortit de l'entrepont et se précipita vers nous :

— Le feu est aux poudres! cria-t-il, sauve qui peut!...

» En entendant ce cri redoutable, nous abandonnâmes nos armes, et nous nous précipitâmes par-dessus les bastingages.

» Quelques minutes après, le brick sautait avec une explosion formidable, et l'Anglais, couvert de débris enflammés, s'éloignait de toute la force de sa voilure en lambeaux.

» Je ne sais ce que devinrent mes compagnons. Trop faibles pour lutter contre les flots, ils périrent sans doute, avant de pouvoir gagner la côte qui se dessinait au loin. Peut-être aussi les poutres brûlantes qui retombèrent après l'embrasement du navire abrégèrent-elles leurs souffrances.

» Cramponné à une épave que j'avais eu le bonheur de saisir, je nageai vigoureusement vers la terre.

» C'était l'île Bourbon.

» Pendant toute la nuit, attaché à mon épave, je demeurai dans une inquiétude mortelle. Enfin le jour parut et me montra la côte à un demi-mille au plus; j'abandonnai ma planche de salut, et j'atteignis bientôt la terre à la nage.

» Une honnête famille de pêcheur me donna l'hospitalité pour quelques jours dans sa hutte de roseaux. J'avais par bonheur ma ceinture bourrée d'or et de bijoux.

» Quelque temps après, un navire français jeta l'ancre en vue de l'île. C'était un trois-mâts en destination de Brest; je m'arrangeai facilement avec le capitaine, et, après une heureuse navigation, nous prîmes pied sur le sol de notre vieille patrie.

» Il existait à Brest une grande maison de commerce, avec laquelle mon père avait eu jadis les relations les plus honorables. Je m'adressai au chef, et j'en obtins une lettre pour l'armateur de la *Sainte-Anne* à Lorient.

» En route, je rencontrai le petit Yannik dont la vivacité et l'heureux caractère me plurent tellement que je résolus de l'enlever. Arrivé à Lorient, je fus chez l'armateur qui me reçut de la façon la plus gracieuse, et me proposa, en attendant mieux, la place de second sur le brick que vous commandiez.

» J'acceptai, continua le pirate dont la voix s'affaiblissait à mesure qu'il avançait dans son récit, et, en mettant le pied sur le pont de la *Sainte-Anne*, mon plan était déjà fait.

» Etre perverti et profondément dégradé, je vous haïssais d'avance à cause de la noblesse de vos sentiments. Ces murmures, ces tentatives de révolte, renaissantes à peine étouffées, c'est moi qui les faisait fomenter. Je voulais pousser l'équipage à quelque acte de désespoir, à quelque crime horrible qui le mit à ma discrétion, et reprendre avec le brick le cours de mes exploits criminels. J'avais presque réussi dans ce projet exécrable ; mais Dieu suscita un homme qui sut déjouer mes coupables desseins, et dont le bras a enfin arrêté le cours de cette vie si criminelle.

» Cet homme, ce fut Loïck....

» Et maintenant, capitaine, et toi, enfant, il ne me reste plus qu'un dernier mot à ajouter : Me pardonnez-vous ?...

Goulven lui tendit la main.

— Aussi vrai que je suis chrétien, dit-il, je suis sans haine contre vous.

— Merci !... cette parole me rend le calme ; je mourrai sans regret.

— Mais, reprit Goulven, vous ne songez donc pas à implorer la clémence de votre Créateur ?... à racheter les mauvaises actions qui ont souillé votre vie ?...

— A quoi bon ? murmura le blessé en hochant la tête ; si grande que soit la bonté du Seigneur, elle ne pourra couvrir mes fautes.... Ai-je le temps du repentir, quand ma fosse est déjà creusée... quand je sens la mort m'étreindre dans ses bras glacés !...

— Dantec, Celui qui a pardonné à ses bour-

reaux ne repoussera pas le pêcheur converti....
Un mot parti du fond du cœur... une larme... une
prière, et vous êtes sauvé!...

— Une prière! répéta le moribond avec un
sourire amer, une prière!... ai-je jamais su prier,
moi?...

— Je le sais, moi! dit Yannik en s'avançant à
son tour.

XXII

La Terre de l'expiation.

Le soir même, tous les matelots de la *Sainte-
Anne* étaient réunis dans la cahute. Dantec allait
mourir.

Après une journée passée en prières et en
pieuses exhortations, le blessé, qui sentait la vie
le fuir lentement comme l'eau qui, goutte à goutte,
s'échappe d'un vase fêlé, le blessé avait lui-même
demandé que les hommes pussent se réunir autour
de lui.

On s'était rendu à son désir....

Dantec n'était plus le même; il semblait

transfiguré. Son visage ne portait aucune trace de souffrance, ses yeux brillaient d'un vif éclat, et un sourire s'épanouissait sur ses lèvres blêmies.

— Mes amis, dit-il, je vais mourir!... La mort ne m'épouvante pas. J'ai rompu avec le passé, et si grand coupable que je sois, j'ai foi en la miséricorde divine.... Près de paraître devant Dieu, devant le Juge suprême que j'ai offensé, je sens le besoin de me recommander à vos prières.... Soyez toujours fidèles au capitaine Goulven; oubliez les pensées funestes que je vous ai suggérées, et, si vous êtes jamais tentés de vous écarter du droit chemin, songez à moi.... Que ma mort vous serve de leçon.... Loick, mon brave, approche et donne-moi la main.

Le vieux maître s'approcha en roulant comme un navire qui tangue; de grosses larmes coulaient sur son visage basané.

— Oh! M. Dantec, fit-il avec embarras, croyez que, si j'avais su... c'est-à-dire.... non, mille grelins! je n'aurais pas fait le coup.

Dantec sourit.

— Je ne t'en veux pas, dit-il; tu n'as été que l'instrument aveugle qui frappe le condamné.... Dis-moi seulement que tu ne m'oublieras pas dans tes prières.

— Pour ça, non; le vieux Loïck pensera à vous jusqu'à son dernier jour.

Goulven lui fit signe de s'éloigner.

— Et moi, Dantec, dit-il, n'avez-vous rien à me recommander ?

— Si... une dernière grâce à vous demander.

— Parlez!... quelle qu'elle soit, je jure de vous l'accorder.

— Enterrez-moi au pied de ces rochers, non loin de cette mer, murmura le mourant, et appelez cette île : *la Terre-de-l'expiation*.

— Vos vœux seront accomplis, s'écria Goulven.

— Merci! et maintenant, amis, priez pour moi.

Les hommes s'agenouillèrent sur le sable et récitèrent les prières des agonisants. Dantec mêlait sa voix aux leurs; mais, tout à coup, ses membres se détendirent, et il se renversa en arrière.

Yannik s'élança pour le soutenir; trop tard : Dantec était mort. . . . .

. . . .

Les dernières volontés du pirate furent religieusement exécutées. On déposa son corps dans une fosse creusée au pied d'un rocher que les vagues écumantes fouettaient dans leurs jours de fureur.

Une modeste croix de bois portant cette simple inscription :

ICI REPOSE

LA DÉPOUILLE MORTELLE DU CAPITAINE DANTEC,

SECOND A BORD DU BRICK LA SAINTE-ANNE.

PRIEZ POUR LUI !

fut élevée au sommet du rocher pour annoncer au voyageur qui foulerait cette terre que là reposait un chrétien.

Puis les matelots saluèrent d'une décharge de mousqueterie la tombe qu'ils allaient abandonner, et ce fut tout!

Alors, seulement, Goulven songea à faire ses préparatifs de départ.

Le temps était beau, la brise assez forte, et Goulven se flattait de retrouver promptement sa route, dont, suivant ses calculs, il ne s'était pas trop écarté.

Les avaries avaient été réparées tant bien que mal, et le mât brisé remplacé par des espars; des provisions d'eau douce et de la viande fraîche furent amoncelées dans les soutes; rien ne s'opposait à ce que le navire mît à la voile.

Vers le soir, en faisant sa ronde, Goulven s'aperçut qu'Yannik manquait à l'appel.

On le chercha partout; il n'était pas à bord.

La nuit était sombre comme un drap mortuaire. Goulven néanmoins sauta dans le you-you et donna l'ordre aux matelots de nager vers la terre.

Là, il avança en silence sur le sable humide qui étouffait le bruit de ses pas, et, malgré l'obscurité, il aperçut distinctement une silhouette humaine, penchée sur le tombeau du pirate.

— Brave enfant, va, murmura-t-il, j'étais sûr de te trouver ici!

Et il s'agenouilla près de l'enfant.

Le lendemain, au point du jour, le brick, incliné sous le vent, s'éloignait de terre, impatient et frémissant comme un goéland blessé qui veut essayer de nouveau la vigueur de ses ailes.

Avant de s'éloigner à jamais peut-être de ces rochers, le capitaine fit tirer douze coups de canon, comme un dernier adieu à celui qu'il laissait là.

La mer devenait plus houleuse, le vent plus impétueux, et les rochers de « la Terre-de-l'expiation » se perdirent dans les brumes du matin.

XXIII

Retour en Bretagne.

Il nous faut maintenant retourner à Camaret, dans la petite chaumière où nous avons introduit le lecteur dès le début de cette histoire.

C'était vers le soir. La nature était plongée dans un calme solennel. Pas un murmure, pas un bruissement dans les landes, les genêts et les ajoncs aux mille fleurs d'or; pas une ride sur la surface embrasée de l'océan, partout un lac calme et uni.

Les rochers bizarres et dentelés baignaient leurs bases dans les flots pendant que leurs cimes rougies par les feux du soleil couchant menaçaient les nues. Du haut des falaises, les petits pâtres ralliaient leurs troupeaux en soufflant dans des trompes d'écorce, et, dans le lointain, à peine visible, un navire à la voile gonflée semblait une tache blanche sur la bande empourprée de l'horizon.

A une roche suspendue comme l'arche brisée d'un aqueduc romain, une petite fille au maintien gracieux, au visage joyeux et animé, déjà bruni par l'air des grèves, regardait au-dessous d'elle. Penchée sur l'extrême rebord de la roche, une touffe de bruyère enroulée autour de sa petite main, elle semblait une de ces sveltes apparitions dont la légende celtique peuple les campagnes. Ses cheveux blonds étaient épars sur son front, et ses grands yeux, brillants d'impatience et de joie, fouillaient avidement la vieille route poudreuse qui serpentait au loin.... Mais rien ne se montrait : pas une voiture, pas un piéton. Alors la fillette se releva, et jetant un dernier regard à l'horizon, s'élança dans un sentier étroit et accidenté qui eût épouvanté une chèvre.

Cependant la nuit descendait rapidement; de gros nuages noirs flottaient comme des lambeaux funèbres à la cime des falaises. La petite fille traversa le hameau et s'arrêta devant la chaumière du pêcheur.

Jeanne, assise près de la fenêtre ouverte, tournait machinalement son rouet. Souvent elle relevait la tête et regardait aussi dans la direction des falaises, et chaque fois un signe de douloureuse inquiétude se lisait sur son visage.

La fillette alors s'approcha d'elle, et, passant

son petit bras autour du cou de sa mère, la baisa tendrement au front.

— Eh bien, ma petite Yvonnette, demanda la veuve en souriant doucement, rien encore?

Yvonnette hocha tristement la tête.

— Allons! ce ne sera pas pour aujourd'hui, soupira la veuve.

— C'était bien pourtant le jeudi que désignait cette longue lettre que monsieur le recteur a reçue de Lorient.

— Oui, enfant; comme toi j'espérais serrer ce soir mon fils dans mes bras... mais la nuit vient vite, et quelque accident aura retardé son voyage.

— Pourquoi désespérer, Jeanne? fit une voix grave sur le seuil de la chaumière.

— Monsieur le recteur! dit Jeanne en se levant.

— Oui, Jeanne, c'est moi, dit le prêtre en déposant sa canne et son chapeau, et je crois que j'arrive à propos pour vous raffermir dans votre foi?

— Oh! monsieur le recteur, je ne doute pas. Cependant il est étrange que, ayant annoncé son arrivée pour aujourd'hui, la journée se soit écoulée sans qu'il paraisse. Une mère s'alarme si vite! Si vous saviez avec quelle impatience j'ai compté les instants....

— Je le crois, Jeanne, interrompit le prêtre. Mais pourquoi vous inquiéter ainsi?... Peut-être est-il plus près de vous que vous ne le pensez... au pied des falaises... au seuil de votre demeure....

— Mon Dieu!... serait-il possible! s'écria la pauvre femme.

Elle comprit tout et s'élança hors de la petite chaumière.

Deux hommes, deux marins, l'un jeune, l'autre déjà âgé, attendaient appuyés sur leurs bâtons de voyage.

Le plus jeune se rapprocha; la veuve poussa un cri.

Dans ce jeune homme robuste, aux traits déjà bronzés et pâlis par la vie en plein air, il était difficile de reconnaître l'adolescent frais et rose, qui, trois ans auparavant, avait quitté la demeure paternelle. Le cœur de la mère ne s'y méprit pas pourtant; la pauvre veuve ouvrit ses bras, et le jeune homme s'y précipita.

— Yannik! s'écria-t-elle, Yannik, mon cher enfant... tu m'es enfin rendu!...

Et elle le contemplait avec joie et orgueil. Ces trois ans avaient beaucoup profité au jeune Melgan; il était grand, fort et promettait un solide gaillard pour l'avenir. Enfant il était parti, il revenait presque un homme.

— Oui, ma mère! s'écria-t-il, oui, c'est moi!... Après bien des peines et des souffrances, le Seigneur m'a heureusement ramené près de vous.

— Remercions-le de ses bontés, dit la voix grave et affectueuse du pasteur.

Pendant ce temps, le vieux matelot qui avait accompagné le jeune Melgan se frottait énergiquement la paupière du revers de sa grosse main.

— Mille grelins! murmurait-il, le vieux Loïck a décidément assez du métier de marin. Désormais, il jettera l'ancre à terre et épousera une honnête femme qui lui donnera des mioches qu'il fera sauter sur ses genoux. C'est dit.

Après un mois passé au milieu des douces jouissances de famille dont il avait été si longtemps sevré, le jeune Melgan dut dire adieu à sa mère et à ses amis pour rejoindre le capitaine Goulven qui le demandait à Lorient.

Cette fois, le vieux Loïck ne fut pas du voyage.

Quelques jours après, le recteur de Camaret reçut une lettre du capitaine. Le marin le priait d'annoncer à la veuve que son fils venait d'entrer, pour deux ans, au collège de Saint-Pol-de-Léon, afin d'acquérir les connaissances qui lui manquaient.

La veuve remercia sincèrement le Seigneur qui

avait permis que des hommes tels que Goulven et le recteur s'intéressassent à son sort. C'était le capitaine de la *Sainte-Anne* qui faisait lui-même les frais de l'éducation du jeune mousse.

Quant à Loïck, si le lecteur désire savoir ce qu'il devint, qu'il écoute.

Un matin, le brave homme, plus embarrassé que si on lui avait donné l'ordre d'aborder à lui seul une frégate anglaise, se présenta au presbytère.

— Monsieur le recteur, dit-il au prêtre, vous savez que je suis décidé à me fixer à Camaret. J'ai pas mal d'économies dans un vieux sac de cuir; de plus, une barque que je viens d'acheter à un pêcheur; je n'ai que cinquante-quatre ans, et je peux dire que j'ai toujours navigué dans le droit chemin de la religion et de la probité.

— Mais c'est toute une confession que vous me faites là! dit le prêtre en souriant.

— C'est bien possible, monsieur le recteur. Donc j'ai tous ces avantages; mais seul, sans famille, sans enfant, comme un vieux goéland qui se retire dans un trou pour mourir en paix, j'ai résolu de me marier.

— Et qui avez-vous donc choisi? fit le prêtre étonné. Je ne vois pas dans tout Camaret une seule femme qui puisse vous convenir.

— Elle est toute trouvée : c'est la veuve du pêcheur. Son mari a sauvé *la Sainte-Anne*, et, pendant notre longue traversée, j'ai été quelque peu le père du petit Yannik. Je ne serais pas fâché de l'être pour tout de bon. C'est pourquoi je viens vous prier de dire quelques mots en ma faveur; car, voyez-vous, je ne l'oserai jamais.

— Vous êtes un brave homme, Loïck, dit le prêtre en tendant la main à l'honnête matelot, Jeanne est encore jeune; la petite fille a besoin d'un protecteur dévoué; je ne crois pas qu'elle vous refuse.

— Oh! monsieur le recteur, ce serait trop de bonheur pour moi !

— Allons, calmez-vous, mon ami. Ce soir, je verrai Jeanne; ayez donc bon espoir.

Six semaines après, le vieux recteur célébrait ce mariage auquel tout Camaret assista. Jeanne avait d'abord résisté; mais le vieux marin n'avait pas eu de peine à lui faire comprendre qu'il s'était attaché à elle par souvenir de la mort glorieuse de son héroïque mari et du noble cœur de son fils, que ses enfants avaient besoin d'un protecteur dévoué et sincère, et que nul mieux que lui ne remplirait cette tâche.

Le brave homme tint sa promesse : il fut toujours un ami affectueux pour celle qui avait lié son sort au sien. La petite Yvonnette grandit rapidement, et Loïck, qui l'aimait plus peut-être que si elle avait été sa propre fille, la dota de toutes ses économies, et la maria à un honnête fermier des environs de Fouesnan.

Goulven commandait toujours *la Sainte-Anne* sur laquelle le jeune Melgan, sorti du collège de Saint-Pol, fit plusieurs campagnes en qualité de second.

Dans un voyage qu'ils firent à Lima, ils eurent l'occasion de revoir la Terre-de-l'expiation. Ainsi que Goulven l'avait pensé, c'était une de ces îles nombreuses semées dans l'océan Pacifique comme les étoiles sur la voûte des cieux. L'île semblait ne pas avoir été visitée depuis le passage de la *Sainte-Anne*, et la croix de bois dominait encore le tombeau du pirate. C'était peut-être le premier symbole de la religion qui eût été planté sur cette terre inconnue.

Yannik devint par la suite un marin distingué. Il prit part à plusieurs expéditions scientifiques qui rendirent son nom justement célèbre parmi ses compatriotes, et, aujourd'hui encore, Camaret est fier de lui avoir donné naissance.

FIN

TABLE

———

— Lille. Typ. J. Lefort. 1884 —